改变世界的
伟大远行

从徒步、航海到漫步
太空的大探险家

[英] 德博拉·帕特森〔Deborah Patterson〕著

伍小玲 译

Great
Voyages

Daring adventurers from James Cook
to Gertrude Bell

北京联合出版公司
Beijing United Publishing Co., Ltd. |后浪

导　言

为了追求梦想，探险家总是能迈出那更远的一步，他们勇敢地面对极端天气、精力耗尽和身体不适等状况，从而更多地发现未知的世界。中世纪的意大利与中国相隔万里，却交相辉映。马可·波罗在从意大利前往中国时穿越了戈壁沙漠，曾忍受无数烈日炙烤的白天与寒冷冰冻的长夜。斐迪南·麦哲伦在他的小木船行至不知名海域时，曾勇敢地经受住洪涛接天、巨浪如山的考验。在21世纪，宇航员行至国际空间站舱外，漫步太空。

探险家为求知而远行。多亏了这些人，世界地图上的空白才得以填充；探险家搜集信息，帮助我们理解世界如何运行，了解栖居世界各地的事物。一些勇敢的探险家肩负着国家的使命，要么去探索新地域，要么开辟

1271年，马可·波罗从意大利的威尼斯出发。当他开启那段如梦如幻的旅程时，世界地图看起来是这样的

注：本书地图系原文插附地图。

新贸易航线。还有一些则定好自己的人生目标，便开始了寻求荣誉的旅程。他们希望满载荣耀地衣锦还乡，并期望成为完成某件非凡之举的第一人。

无论远行背后的原因是什么，这些伟大的探索者都为世人打开了纵览世界的大门。

你准备好和我们一起探索了吗？

现在，穿上你的徒步鞋，整理好你的背包，准备好去追随历史上这些勇敢探险家的脚步吧！

去了
哪儿？

寻找西北航道

加拿大北部的冰冷海域给一些勇敢的探险家带来了挑战。在16—17世纪，他们曾努力寻找一条穿过浮冰到达亚洲的通路。那么，请你裹得暖和点儿，从**第34页**开始读一读他们的故事吧！

探索狂野西部

从**第58页**开始，与梅里韦瑟·刘易斯、威廉·克拉克一起探寻北美洲未经驯化和改造的狂野大自然吧。当心熊出没！

公海上的海盗

从**第40页**开始，加入弗朗西斯·德雷克的环航世界之旅，一起击败西班牙人，在一路上劫掠财宝。

海军上将

1492年，哥伦布在蔚蓝的海洋上航行着……翻到**第22页**，了解更多关于他与意外发现新大陆的故事。

"小猎犬号"航海记

1831年，年轻的博物学家查尔斯·达尔文加入了"小猎犬号"的南美航行。从**第64页**开始，加入船员的行列吧！

你想成为一名探险者吗？

如果你已经准备好要自己踏上一段冒险之旅，那就翻到**第94页**，跟随现代探险家学习一些顶级技巧吧。

麦哲伦的航行

从**第28页**开始，可以读到环球航行第一人的非凡故事，快去看看到底是谁真正完成这个创举吧，你会大吃一惊哦。（提前透露——不是麦哲伦。）

女性先锋

你听说过玛利亚·西比拉·梅里安吗？还没有？那就翻到**第46页**，与她一起来个热带雨林探险之旅吧！

4

马可·波罗的冒险之旅

翻到**第6页**，加入马可·波罗的冒险之旅，从中世纪的威尼斯起始，探索东方。

沙漠女王

格特鲁德·贝尔怀着一腔热忱考古并探索阿拉伯半岛时，她面临了沙暴与凶残的沙漠部落。翻到**第76页**，来追随她的脚步吧！

前往月球

翻到**第88页**，同尼尔·阿姆斯特朗与巴兹·奥尔德林迈出未知的一步，就像他们登上月球时那样。

海上城市

试想你指挥着一支载有28,000人的船队。这正是郑和受皇帝之命所执行的任务。翻到**第18页**，一探究竟！

走进非洲

狮子的咆哮是不是会把你吓得瘫坐如泥？你是不是一见到鳄鱼就会尖叫？如果不是的话，那你可能足够勇敢，能够和戴维·利文斯敦一道走进非洲。快翻到**第70页**吧！

最长的旅行

1325年，伊本·白图泰离开摩洛哥丹吉尔的家，开始了长达24年的旅行。翻到**第12页**，找一找他的旅行原因吧。

跨南极帝国探险队

翻到**第82页**，穿上最好的保暖装备，和欧内斯特·沙克尔顿的船员登上"忍耐号"轮船，开启艰险的南极探险之旅。

库克船长的发现之旅

受国王乔治三世的秘密旨令，詹姆斯·库克船长前往了之前探险家都没有到过的更南方。翻到**第52页**，加入他富有历史意义的旅行吧。

马可·波罗的冒险之旅

1271 年，马可·波罗随他父亲和叔叔的商队从威尼斯出发前往中国。他从未料到，离家一走就是二十多个年头。

旅行资料

时间：1271—1295 年

地点：从意大利威尼斯出发，到达中国后返回

方式：前往中国时走的是陆路，经过艰苦跋涉后抵达；返回意大利时，基本走海路

原因：他们受命拜访当时的中国皇帝忽必烈

人员：马可·波罗、其父尼科洛、叔叔马菲奥

一生的旅行

1260 年，马可·波罗的父亲尼科洛和他的叔叔马菲奥离开威尼斯，踏上前往东方的贸易探险。到 1266 年时，他们最远到达过元大都，即今日的北京。这是统治中国的"大汗"*忽必烈的朝廷所在地。1269 年，他们以大汗使节的身份回到了欧洲，并希望有朝一日能重返东方。

1271 年，尼科洛与马菲奥再次出发，这一次，17 岁的马可·波罗加入了他们的队伍。

* 此处遵循马可·波罗著作中的称呼方式。

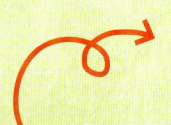

中世纪的水上帝国

威尼斯是意大利的一座城市，如今以运河与贡多拉船闻名于世。但在 13 世纪，威尼斯是个繁华的贸易港口，是地中海的商业中心，还是许多东方之旅的起点站，人们从这里出发，前去寻找丝绸和香料。

从威尼斯到中国花了大约四年的时间。他们首先抵达君士坦丁堡，然后朝东南航行，原计划从波斯湾的霍尔木兹海峡出发朝中国起航，但当时配备的船只达不到他们的要求，于是一行人决定不冒险走水路，而是走陆路继续完成旅行。

上图可以追溯至1410年，它来自马可·波罗著作《马可·波罗游记》的法文版，其中展示了尼科洛、马菲奥和马可·波罗抵达波斯湾霍尔木兹港的情景

该幅地图上的粗线画出了马可·波罗的行程路线

他们很可能骑马旅行，由骆驼背运为大汗准备的礼物及他们的随身行李。探险者们要穿越海拔惊人的帕米尔高原，要面对塔克拉玛干沙漠的流沙，还有戈壁滩上灼热的白天和寒冷的夜晚。

对戈壁滩的描写，可见马可·波罗所著《马可·波罗游记》

沿途尽是沙山沙谷，无食可觅。

然若骑行一日一夜，则见有甘水……

沙漠中无食可觅，故禽兽绝迹。

克服困难

对马可·波罗一行人而言，这一段旅程极其艰险。他们需要经过极具挑战的地形才能抵达中国，因此在路途上耗费很长时间也在情理之中。其间，还没有到达帕米尔高原，这队探险者就因为疾病不得不停下来休整了将近一年。安全地穿过戈壁之后，他们又花了一年的时间停留在肃州（今天的敦煌）。1275年，他们终于抵达目的地——位于中国北方的上都，见到了大汗。

返乡之旅

1292年，离开威尼斯二十多年后，马可·波罗一行准备返回家乡。在回去之前，他们还需要帮助大汗完成一项任务，陪同蒙古公主到波斯（今日的伊朗），她要嫁给那里的一位王子。完成任务后，马可·波罗一行通过海路返乡。一路上，他们经过中国沿海、东南亚、香料群岛，然后绕过印度最南端，经波斯湾，最后到达霍尔木兹。相对而言，从那里再回到威尼斯是一条容易又好走的路。

马可·波罗在世时，欧洲人称中国北方为契丹。

丝绸之路

早在尼科洛与马菲奥第一次踏上东方之旅之前，就已经存在从中国到中东、印度与欧洲的贸易路线了。这条路线之所以被称为丝绸之路，是因为这条贸易通路上的主要商品之一就是中国制造的奢华丝绸。

早在公元前1世纪，中国就已经与罗马帝国建立丝绸贸易。作为回报，欧洲人会以羊毛、白银和黄金与中国人交换。公元4世纪，随着罗马帝国的衰落，丝绸之路也不再使用了。13世纪时，即马可·波罗的家族居住在威尼斯时，这条贸易路线又重新恢复使用。

从地中海出发，穿过帕米尔高原，跨越中国的长城，一路到达西安和北京，单独的商人走完一整条"丝绸之路"的情况非常少见，通常的情况是交换的货物经由中间商不断传递。中间商将货物运到中途的转运站，再交由另一名中间商，如此反复，直到货物到达最终目的地。1266年到达中国朝廷所在地的尼科洛与马菲奥应该是最早一批体验中国文化的欧洲人。

信息和货物一样，也可以沿丝绸之路一路交易。这条路线对于不同文化之间分享知识、表达想法和传播宗教非常重要。不过疾病可能也在贸易商中不知不觉地传播。有些科学家认为，黑死病可能正是以这种方式从欧洲传播到亚洲的。

波罗兄弟与大汗

该幅古代中国地图只是世界地图中的一小部分。它是由意大利修士弗拉·毛罗于 1459 年绘制

在中国的探险

马可·波罗擅长学习语言，他的才智与学识给大汗留下了深刻印象。大汗是幅员辽阔的帝国的首领，他决定任命马可·波罗为他执行类似于间谍的任务。于是马可·波罗被派到大汗执政帝国的最偏远角落，这需要穿越整个中国，还要经过缅甸和印度。他的职责是收集他所到之地风土人情的信息。他还曾在中国担任了三年的地方官员。马可·波罗为这位皇帝共效力了 17 年。

你知道吗？

我们是怎么获知这些内容的呢？

　　马可·波罗的旅程确实很了不起，但他远不及他父亲和叔叔所走的那样惊险。那么，为什么出名的是马可·波罗而不是他的父亲呢？

　　回到威尼斯三年后，马可·波罗被关进了监狱。他的狱友比萨的鲁斯蒂谦是一名作家。马可·波罗向鲁斯蒂谦讲述他离开威尼斯的 23 年里发生的故事，这些故事最后集结为一本名叫《马可·波罗游记》的书。

　　该书俘获了大众的想象力，其中的原因也不难理解。这很可能是欧洲人第一次在书中描写充满异域色彩的东方。此后几个世纪欧洲再没有其他书写中国的重要文本。就连克里斯托弗·哥伦布穿越大西洋准备寻找中国时也携带了该书。甚至如马尔克·奥莱尔·斯坦因这样的 19 世纪探险者，在规划路线时也参考了它。

　　在中国时，马可·波罗是那批最早留意到纸币、石棉这些物品的欧洲人之一。像煤炭这些新奇东西，都能在他书中记录的所遇之人、所到之处的具体描述中找到。

马可·波罗和比萨的鲁斯蒂谦所写的《马可·波罗游记》在意大利语中也被叫作《百万》，这是马可·波罗的绰号，因为他在书中记录了大量大汗朝廷中的惊异之事。

"契丹全境之中，有一种黑石，采自山中，如同脉络，燃烧与薪无异。"

图中描绘了蒙古信使在索马里，来自约 1410 年出版的法语版《马可·波罗游记》

你相信读到的每一件事吗？

《马可·波罗行记》一经出版便十分畅销，但并不是所有人都喜欢这本书。很多人说，这本书夸大其词，谎话连篇。有人认为，马可·波罗甚至根本没有去过中国。1324 年，在马可·波罗临终前，有人尝试让他承认说了"一堆谎言"，但马可·波罗的回答是，他"仅仅告诉了你一半所知"。

我们现在知道，马可·波罗书中记载的很多内容都是真实的，比如使用纸币、制造铁器，但我们也能发现他没有提及长城，也没有提到中国女性缠足的习俗，这些遗漏也令人吃惊。所以问题仍然存在：马可·波罗真的到达过中国吗？你怎么看？

描写风土人情的同时，马可·波罗也记录了他在旅途中见到的动物，包括他在巴达哈伤省（今日阿富汗巴达赫尚省）遇见的动物。

"其中饶有种种水禽，同野生绵羊。羊躯甚大，角长有六掌。牧人削此角作食盘，且有用作羊群夜宿之藩篱者。"

书中所描写的羊的品种，现在被称作帕米尔盘羊，也作马可波罗盘羊。

最长的旅行

1325 年，伊本·白图泰独自踏上了宗教朝圣之旅。往返麦加的旅行本应花上 18 个月，但到达麦加后，他强烈地渴望继续旅行。于是 24 年里，伊本·白图泰一直没有回到家乡丹吉尔。

旅行资料

时间：1325—1349 年

地点：从摩洛哥丹吉尔出发，到中国上海附近的杭州，以及沿途的众多地方

方式：陆路与海路

原因：就像现在的观光客一样，伊本·白图泰为了游览新的地方、体验不同的文化而旅行

人员：伊本·白图泰出发时只身一人，回家时带着妻子、随从还有侍者

摩洛哥，丹吉尔

伊本·白图泰是谁？

伊本·白图泰来自一个伊斯兰法官（卡迪）家庭。他们一家在摩洛哥丹吉尔非常受尊敬。尽管不愿离开父母，但他非常渴望去"哈吉"，即去今天位于沙特阿拉伯的麦加朝圣。1325 年 6 月，年仅 21 岁的白图泰离开家乡，独自一人前往朝圣。作为一名年轻人，他已经开始学习伊斯兰法律并打算继续学习。同时，他尽了一切力量，打算跟随中东地区富有声望的苏非派学者学习。

1326 年，伊本·白图泰到达圣城麦加，看到这个地方集聚了来自不同国家的民众，他大受启发。这让他意识到，

哈 吉

哈吉是穆斯林每年都会在麦加举行的朝圣活动。如果身体有能力并且开销能够负担得起，那么他们一生中必须至少朝觐一次。伊本·白图泰在世时，朝圣者会在不同的城市会面，然后一同前往麦加。伊本·白图泰一共朝圣了七次。

尽管已经走过了约 6400 千米的路途，但是世界那么大，他还是想去看一看。作为一名旅行者，伊本·白图泰有个信条，那就是"永远不要再次游历同一条路"。

独特的游客

完成了第一次朝圣后，伊本·白图泰便开始了他的旅程。他想要尽可能地看到更多已知世界。从麦加出发，伊本·白图泰穿过了阿拉伯沙漠，来到巴格达，然后到达波斯，之后返回圣城。这时他还没有看够，于是又乘船沿非洲东部海岸前行，到达今天肯尼亚的蒙巴萨，然后返回北方。然而这一次，这名探险者继续向北行进，到达了黑海，然后来到克里米亚和高加索地区。极寒的气候促使伊本·白图泰再次出发寻找太阳，他后来到达君士坦丁堡（今天的伊斯坦布尔），然后向东行进，到达阿富汗和印度。白图泰在印度待了八年后前往中国，主要是乘船旅行。

1349 年回到位于丹吉尔的家后，白图泰也待不住，之后又展开了两次旅行——第一次是到西班牙南部安达卢西亚的短途旅行，第二次则是穿越撒哈拉到达廷巴克图的探险之旅。

这幅描绘麦加圣殿的画来自一份 17 世纪的波斯手抄本

工作的假日

　　伊本·白图泰非常幸运，他所接受的卡迪训练使他在游览的伊斯兰地区备受尊重，并助他找到了工作来资助旅行。德里的苏丹穆罕默德·图额鲁格任命他为卡迪，并派遣他作为使节访问中国。他还被任命为马尔代夫群岛的卡迪。

　　尽管 21 岁去哈吉时独自一人，但不久后伊本·白图泰就遇到了其他朝圣者。自那时起，他几乎总是有伙伴陪同。到达印度时，一群妻妾陪同他，还有随从侍候。

　　旅行结束后，白图泰写了一本书，记录了他的所见所为。这本书叫作《目中珍品，他乡异事，远游奇观》，一般简称为《伊本·白图泰游记》。

穿过红海与印度洋时，伊本·白图泰可能乘坐的是一种阿拉伯三角帆船，这种阿拉伯式帆船至今仍在使用

理想旅行

你有没有想过去不同的国家旅行？

伊本·白图泰曾做梦梦到自己骑在大鸟的背上被带到东方。他相信这就是一则预兆，暗示他应该去东方的一些国家游览。或许他也有坐飞机旅行的预感！那会比徒步或者骑在驴背上行进更容易。

伊斯兰世界

伊本·白图泰旅行的大部分地方都是伊斯兰国家或地区，如从西班牙、北非到印度、中亚、爪哇（今天的印度尼西亚）。由于信仰相同，伊本·白图泰能够非常容易地在这些国家通行。而他确实也到过非伊斯兰国家，也记下了他在那些地方感知到的文化差异。

下图展示了伊本·白图泰的路线，由汉娜·巴利茨卡·弗里别斯绘制

试试看，或许你会爱上它！

去不同国家旅行时，我们经常会吃到不熟悉的食物，或者喝到不寻常的饮品。伊本·白图泰也一样，他不得不尝试一切由东道主提供的东西。如果不尝试，或许会冒犯对方。在《伊本·白图泰游记》中，他曾记录下了自己尝试一些新事物的过程：

"我拜见了大哈同，大哈同就是王后，是苏丹两个儿子的生身母。哈同面前有一金釉瓷盘，满盛着君王豆。哈同让人取来忽米思，她亲手取一杯交给我，这是当地人最大的优待。我从未喝过忽米思，又不能不接受，便尝了一口，觉得没滋味，便把残杯交给了一个同伴。"

那么，这杯递给伊本·白图泰但他觉得"没滋味"的东西到底是什么呢？是马奶酒，一种酒精饮料，由马奶发酵制成。嗯，美味！

该图展示了伊本·白图泰在埃及的情形。前往麦加的途中，他在开罗停留了一个月

旅行中的麻烦

1342 年，印度德里的苏丹穆罕默德·图额鲁格任命白图泰为使节，派他带着一些给中国皇帝的礼物出使中国。在这次旅途中，伊本·白图泰和他的随从遭到了袭击。白图泰被俘，还差点儿遭到处决。但他死里逃生，继续自己的旅行，后来在马拉巴尔海岸还遭遇了船难。伊本·白图泰失去了一切——呈给皇帝的礼物和他个人的全部家当。然而，白图泰是一位经验丰富的旅行家，他没有被这些挫折打败，继续朝中国进发。谢天谢地，历经所有这些遭遇，他发现中国是"对旅行者来说最安全、管理最好的国家"。

伊本·白图泰共旅行了约 120,000 千米，相当于环绕世界三圈！

13 世纪典型的阿拉伯帆船

海上城市

在中国永乐皇帝的命令下，海军统帅郑和率领舰队出海远航，计划用水路取代常走的陆上贸易之路。航行共开展了七次。

郑和是谁？

郑和是当时中国的一位伟大探险家，但他出身卑微。他出生在云南省的回族家庭。1381年，在郑和大约10岁的时候，明朝军队推翻元朝的统治，将虏获的男孩发配充军，郑和就在其中。

在军中，郑和表现突出，得到长官的赏识。后来，郑和在朝中很有影响力，被永乐皇帝选为一系列"西洋"考察船队的统帅。

旅行资料

时间：1405—1433年

地点：从中国出发，到印度、阿拉伯半岛、印度尼西亚和非洲的七次航行

方式：中国帆船组成的舰队

原因：最初受永乐皇帝之命展开对外贸易，扩大中国的影响

人员：郑和，同行人员最多时约28,000人

你知道吗？

郑和原名马和，后来，永乐皇帝朱棣赐他姓郑。如果这还不够混乱的话，有时候他的名字还被外国人读作 Cheng Ho！

航行发起者是谁？

永乐皇帝当政的时候，中国传统依赖的陆上贸易之路许多都遭到了破坏。永乐皇帝想要建立安全的航运路线，保障中国继续通商。与此同时，他还想确保与中国有贸易往来的海外港口了解大明帝国的强大和重要性。

舰队的规模专为炫耀中国的财力与影响力而设定，就连其中的"宝船"都比同时期的欧洲船只更具规模。这一招显然奏效，因为舰队在大部分到访之处明显受到了当地的欢迎。舰队还给当地的统治者带去了礼物，这一举措可能对舰队的顺利行进有所帮助。然而，在有些地方也需要采取武力震慑，让当地人明白谁才是真正的掌权者。

永乐皇帝

他们如何找到路线呢？

中国人的航海技术在世界名列前茅，据说早在8世纪就发明了指南针，或许还要更早，所以郑和在他的航行中很可能使用了指南针。

航海家用磁针来辨别北方。它是利用地球的自然磁场来指明磁北极。航海家一旦明确了北方，就能判断出其他任何需要的方向。

宝船

郑和舰队中的旗舰被称作"宝船"。"宝船"几乎有 140 米长。相当于 14 辆双层公交车的长度！

难怪这些船被称作"宝船"，以下是郑和航海带回中国的物品清单：

犀角

象牙

龟壳

珍稀木材

熏香

香料

药材

珍珠

宝石

长颈鹿

越大越好！

从出访印度南部喀拉拉邦的卡利卡特（今天的科泽科德）开始，郑和共率领了七次航行。舰队中最初配备了 62 艘航海帆船，随行人员包括科学家、医生、翻译官、行政官、海员与士兵，最多时约有 28,000 人。除此之外，船上还装有大批瓷器、丝绸，以及其他中国货物。他们从长江入海口起锚。在此之前，海洋上还从未见过如此浩大的船队。

17 世纪荷兰地图上的马六甲海峡与苏门答腊岛

第一次下西洋时，郑和的舰队途经爪哇、亚齐、苏门答腊岛、斯里兰卡，之后到达印度西海岸的卡利卡特。永乐皇帝认为这次考察非常成功，并决定资助更多航行。之后郑和再一次受命到访卡利卡特，在 1409—1415 年，他率领舰队到达过霍尔木兹，还有吉达。在接下来的几次航行中，郑和到达过马来西亚的马六甲，还有非洲东海岸的摩加迪沙和马林迪。在 1430—1433 年最后的一次下西洋航行中，他再次回到霍尔木兹。完成这次航行后不久，郑和就去世了，他被葬于大海之中。

一场惊心动魄的战斗

第一次到访卡利卡特的返程中，郑和遇见了凶恶的海盗陈祖义。一场恶战随即爆发。郑和获胜，歼敌 5000 人。陈祖义被捕，后押往南京处决。

？ 我们是怎么获知这些内容的呢？

皇帝派遣翻译官马欢陪同郑和三下西洋。在为统帅翻译的同时，马欢也记录了到访之地。后来，他把所有笔记整理成书，名叫《瀛涯胜览》。

想象一下……

试想，你正站在海边，正常情况下，你可能会看到小渔船，不时还会看到渡轮。但这一次，你看到一支由大约 300 艘巨型船舶组成的舰队出现在海平面上，并朝着你所在的港口驶来。郑和率领舰队的规模与阵势，看起来像一座从海浪中升起的城市。

海军上将

克里斯托弗·哥伦布出发驶向未知的海域，期待探索出一条通向亚洲的新航线。然而恰恰相反，他发现了一片新大陆。

克里斯托弗·哥伦布，塞巴斯蒂亚诺·德·皮翁博绘，1519 年

旅行资料

时间：1492 年 8 月 3 日—1492 年 10 月 12 日（第一次登陆）

地点：从西班牙帕洛斯出发，到达巴哈马群岛

方式：三艘船——"平塔号""尼尼亚号"和"圣玛利亚号"

原因：航行至亚洲

人员：克里斯托弗·哥伦布及其 90 名船员

使事实相符

克里斯托弗·哥伦布是一名来自意大利热那亚的船长，他认为从欧洲向西航行的话可能会到达亚洲。他做了大量研究，查阅了很多地图，阅读了许多对已知世界的描述。哥伦布认为，真实的世界比当时大多数人所认为的要小 20%，他甚至为此特意画了一幅地图。对能够走海路到达亚洲，他信心满满，只是还需要一些经费。西班牙的伊莎贝拉女王决定资助他，历史上的一场著名探险就此展开。

驶过蔚蓝的海洋

1492 年 8 月 3 日，哥伦布出发穿越大西洋。那时候，欧洲人还不知道北美洲与南美洲的存在。哥伦布坚定地认为，如果他持续向西航行，最终会到达亚洲。他对自己最终会遇见多大的一片陆地毫无概念。

不清楚自己所走的路，也并不清楚自己将要在海上航行多久，你能想象出这种情形吗？这就是哥伦布带领的"圣玛利亚号""平塔号"和"尼尼亚号"上的船员所面临的情形。船员们在海上漂泊数周后仍然没看到一点儿陆地的踪影时，无疑，他们有人感到害怕，甚至有人已经准备好掉头回家。

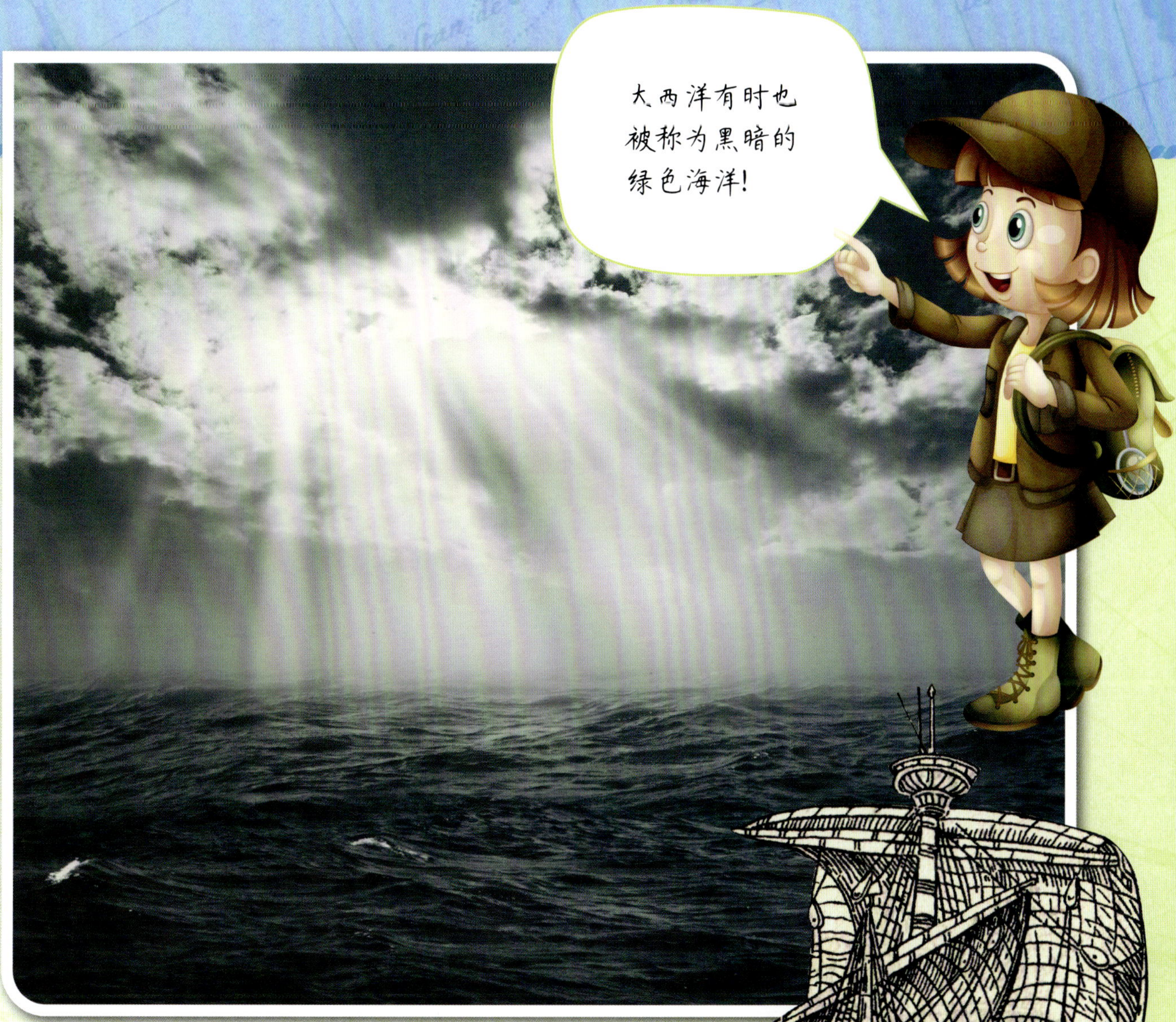
大西洋有时也
被称为黑暗的
绿色海洋！

N
NE
E
SE
S
SW
W
NW

他们如何找到路线呢？

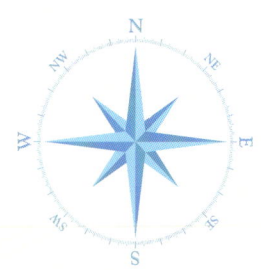

哥伦布的船上确实配备了导航设备，他也懂得如何利用星象导航，然而他似乎非常依赖“航位推算法”。这是一种导航技能，基于一个特定位置，通过估算沿某个方向行驶的距离来计算船的位置。令人难以置信的是，哥伦布很会用这个方法，他所选择的航路与多年以后航行者的跨大西洋理想航路非常相近。

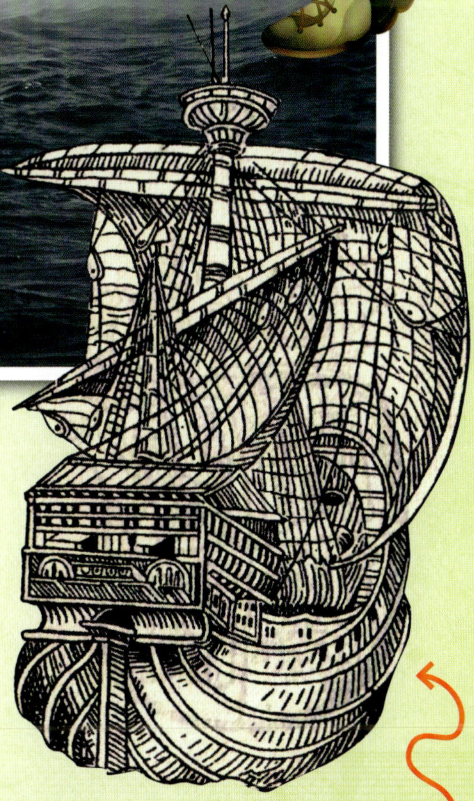

这是哥伦布船队中最大的船“圣玛利亚号”。它是一艘克拉克帆船，三桅结构适合海上航行。另外两艘是卡拉维尔帆船，体形更小，操作更灵活

我觉得……我们到啦！

1492 年 10 月 11 日，在海上航行了大约两个月之后，船队终于看到了陆地。次日，他们就下船踩上了坚实的土地。然而他们抵达的地方并不是克里斯托弗·哥伦布所认为的亚洲，而是我们现在称为巴哈马群岛之中的一座岛屿。哥伦布将这座岛命名为圣萨尔瓦多，并声称这里归属西班牙。

哥伦布一行到达后，同一些当地的泰诺人进行了交流。他们的第一次见面非常友善，互相交换了礼物。

以为自己已经到达"东印度"的哥伦布把当地人称为印第安人。哥伦布在他第一次航程中探索到的加勒比海岛屿至今仍被称为西印度群岛。

"不久，很多岛上的人都聚集过来……我把红帽子和玻璃珠分给其中一些人，他们把这些连同别的不值钱的东西都放进箱子……"

巴托洛梅·德·拉斯·卡萨斯撰写的《哥伦布日记》中对当地人的初印象

该幅西印度群岛地图由西奥多·德布赖在 1594 年绘制，地图展示了克里斯托弗·哥伦布发现的地方。你能找到海地吗？还能看到其他熟悉的地方吗？

探索西印度群岛

到达巴哈马之后的几个月里，哥伦布与船员探索了当地的岛屿，访问了古巴沿岸的一些地方。哥伦布还航行到一个他称之为拉埃斯帕尼奥拉或伊斯帕尼奥拉的大岛附近。如今的海地和多米尼加都坐落在这座岛上。

正是在这里，哥伦布在探险中差点儿遇险。1492 年的圣诞节这天，一场大风暴袭来，"圣玛利亚号"陷入险情。万幸，船员得到了当地的国王瓜卡纳加利的帮助。当地人帮他们把货物安全地卸船，哥伦布的船也免遭倾覆。他们在伊斯帕尼奥拉岛上发现了黄金，因此哥伦布在那里建了一处居住地，起名拉纳维达得。他启程返回欧洲，在居住地留下了 40 名船员。

哥伦布神气满满地回到西班牙，以为自己已经到达东方，随身携带了一批黄金和棉花，准备呈献给王室。西班牙国王与女王非常高兴，赐予他"海军上将"的尊贵头衔。

你知道吗？

哥伦布又回到了美洲三次。直至去世，他仍然坚信所探索的是亚洲东岸。

一场加勒比海的噩梦

对于那些试图在新大陆安家落户的西班牙人来说，这趟旅行并非一帆风顺。哥伦布留下40人驻扎当地，时隔不到一年，当回到拉纳维达得时，哥伦布发现留下的那批人已被当地人屠杀了。哥伦布又建立了一处名叫圣多明各的新殖民地，交由他的弟弟巴尔托洛梅奥治理。随着时间的推移，殖民者发现很难获得食物，他们本应开采到的金子也越来越难到手。殖民者起来反抗总督，总督以蛮力镇压暴乱，把一些反抗者处以绞刑。哥伦布兄弟俩均因这些行为被捕，从此哥伦布再也没能重享恩典。

维京人也到过这里

早在哥伦布到达北美洲约400年前，一群维京人在传奇人物"红发埃里克"之子莱弗·艾瑞克森的领导下，从格陵兰岛出发向西航行。这些先期的探索者在许多地方登陆以寻找新的沃土安营扎寨，包括今天加拿大的巴芬岛与拉布拉多半岛，甚至可能最南到过美国马萨诸塞州的楠塔基特岛。艾瑞克森看到了马萨诸塞州葡萄藤（vine）上结的葡萄，就把这片新土地起名为文兰。

维京人没有在这些新土地上安置永久定居点，可能是因为当地人怀着敌意，也可能因为气候太过恶劣，而他们的发现在未来几个世纪里，一直是其他欧洲人所不知的事情。

亚速尔群岛中的特塞拉岛

被风吹着走

在代表西班牙前往加勒比海域探险之前，哥伦布已经为葡萄牙政府在大西洋上航行多年，他对海上的风向很熟悉，尤其是对东北风非常了解，因此深信东北信风会推动他们的船朝西行进，跨过海洋。哥伦布还知道"西风带"，但尚不清楚风从哪里吹来。他猜测风是从他正要前往的那片陆地吹来，因此这股风还能将船带回西班牙。最后返回家乡的两艘船非常幸运，事实也证明哥伦布的判断是对的。1493 年 1 月，哥伦布从加勒比海出发朝东航行准备返乡，他发现了"西风带"，并且在一个月之后到达了熟悉的亚速尔群岛海域。

东方

哥伦布西行五年后，瓦斯科·达·伽马朝南出航，第一次成功地穿过了非洲最南端。就这样，通往东方的航线终于建立起来了。

麦哲伦的航行

斐迪南·麦哲伦从西班牙出发，试图到达香料群岛。但是是朝西而不是朝东航行。这次大胆的挑战最后促成了第一次环球之旅。

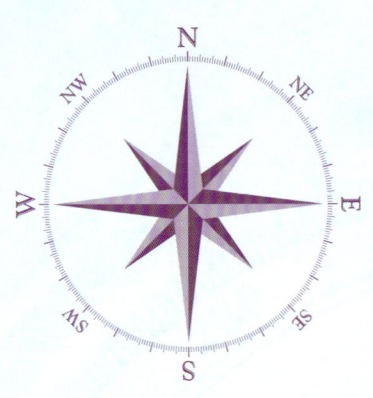

旅行资料

时间： 1519—1522 年

地点： 从西班牙出发，穿过南美洲，到达香料群岛

方式： 五艘木帆船

原因： 为西班牙王国占领香料群岛

人员： 斐迪南·麦哲伦及 241 名船员

麦哲伦是谁？

斐迪南·麦哲伦是葡萄牙人，他是一位了不起的冒险家和航海家。但在这次尝试环球航行前，麦哲伦在摩洛哥和摩尔人打过架、去过马来西亚，在印度打架时还受过伤。

西班牙与葡萄牙的对抗

西班牙与葡萄牙之间的竞争是一段传奇。在 16 世纪早期，两国都想拥有在印度尼西亚群岛的一小组群岛——马鲁古群岛——的控制权。这些偏僻的小岛以"香料群岛"扬名，因为当地的丁香与肉豆蔻在当时是最时髦也是最昂贵的香料。

肉豆蔻

1494 年，西班牙与葡萄牙政府签署《托尔德西里亚斯条约》，该条约划分了两国新"发现"大陆的归属问题。在世界地图上从北到南画了一条虚线，径直穿过巴西。两国约定，这条线以西的所有新"发现"大陆都属于西班牙，包括今天的墨西哥、智利与哥伦比亚。该线以东新"发现"的大陆归葡萄牙管辖。

《托尔德西里亚斯条约》中的分界线

涉及划分问题的国家包括今天的巴西，但对于香料贸易而言，至关重要的还有马鲁古群岛。这条线并不对向西穿越的航行设限，船只可以经过南美洲最南端，横跨太平洋后到达香料群岛。西班牙人下定决心要把这片岛屿据为己有，因此，他们开始绘制一条环行世界的新航线。

航 船

麦哲伦的船队坐着五艘木帆船从西班牙出发。麦哲伦搭乘的旗舰"特立尼达号"是一艘克拉克帆船，同行的"维多利亚号""圣安东尼号"和"康塞普西翁号"也都是如此。"圣地亚哥号"是一艘较小的卡拉维尔帆船。并非全部的船最终都完成了航行全程。当船队还没有绕到南美洲南端时，"圣地亚哥号"就因漏水而沉没。"圣安东尼号"上的船员干脆决定不再继续这趟危险的旅程，他们掉头撤回，还带走了这趟探险之旅所需的大部分食物储备。

这些人正在造一条卡拉维尔帆船

麦哲伦海峡

　　1519 年 9 月，麦哲伦和他的船员离开西班牙塞维利亚，准备横渡大西洋，驶向南美洲的南端。那个时候，人们并不清楚南美洲大陆是否一直通往南极。如果连通的话，船根本没法通过。麦哲伦和他的小船队航行了一整年，挺过了多场暴风雨，经历了一场部分船员企图发动的叛变（麦哲伦处死了领头的暴动者，把其他人放逐到无人的海边），直到他们找到了一条也许可以穿过大陆的通路。关于这条通路，他们当中的一名船员这样描述：

　　"……快要接近海湾尽头的时候，他们觉得自己已经迷了路。这时看到了一个小豁口，但是个急转弯。就像濒临绝望的人，他们极力把船开进了这个通道。就这样，他们偶然间发现了这个海峡。"

同名物

　　麦哲伦船队尽力进入的这条贯通大西洋和太平洋的棘手通道现在名为麦哲伦海峡。在行经南美洲南端的时候，麦哲伦发现有小鸟在海里游泳。这些小鸟现在被称为麦哲伦企鹅。

这是充满挑战的麦哲伦海峡，1520 年，麦哲伦和他精疲力竭的船员就从这里穿过

事实证明，从这条海峡航行通过要比他们所有人预料的都更加艰难。这条航路在雪山的夹缝中蜿蜒曲折，凛冽的寒风不断地抽打着这条狭窄的道路。船员花了整整38天才走完这条通路。可以想象他们进入另一边相对平静的洋面时内心的宽慰。据说麦哲伦欣慰地哭了，于是给这片海洋起名太平洋。

在西班牙语与葡萄牙语中，Pacifico 都意为平静。

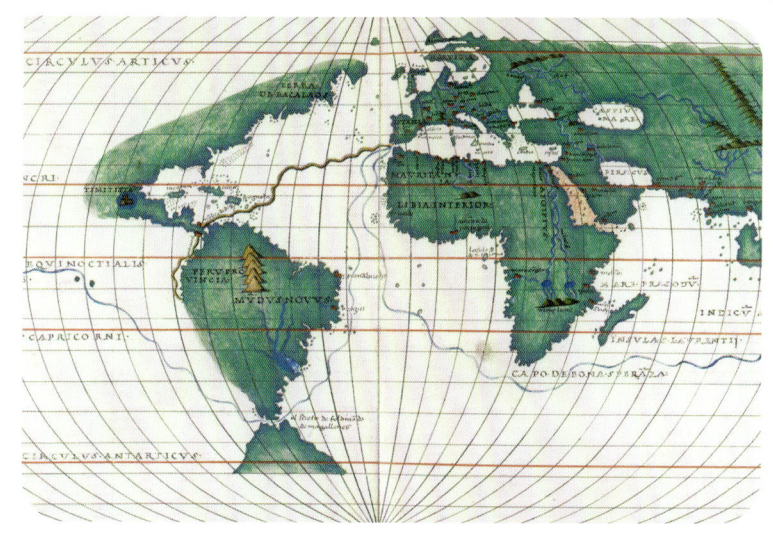

平的还是圆的？

在过去，人们认为地球是平的。公元前约600年的早期希腊地图中，世界被描绘成一个被海洋包围的平坦圆盘。随着时间的流逝，这个观点受到质疑。当哥伦布在1492年发现美洲的时候，大家已普遍接受地球是圆的。

一知道地球是圆的，船员与航海者就梦想着环球航行，也就是绕着地球航行一圈。由于没有详细的地图，这些早期的航行者都将自己置于当时最大的航海挑战中。

坏血病之灾
——为什么每天一定要吃五样果蔬

麦哲伦误以为一旦穿过了南美洲大陆，他们只需要花三天即可到达马鲁古群岛。事实上，他们花了三个多月才登陆。船员缺少补给，吃着"爬满虫子的饼干屑"，甚至如果能抓到，还会吃老鼠。

很多人患上甚至死于坏血病，这是一种缺乏维生素C导致的疾病。我们可以通过吃水果和蔬菜，尤其是柑橘类水果获得维生素C。对麦哲伦船上的以及很多参与其他航行的船员而言，他们很不幸，因为坏血病的病因直到20世纪30年代才被发现。

这些船最终抵达了香料群岛。在返回西班牙之前，船员收集到了珍贵的货物——丁香与肉豆蔻。

首名环球航行者

　　事实上，麦哲伦自己并没有完成环球航行。他不幸地在菲律宾的宿务岛上去世了。塞巴斯蒂安·德·埃尔卡诺是在同一次探险中完成环游世界的第一人，他负责指挥船队顺利返乡。然而，首名环球航海者的荣誉应该颁给这个船队的马鲁古奴隶——恩里克。几年前，恩里克被人从马鲁古群岛带走，但麦哲伦的航行使恩里克绕了一大圈后，又回到了那片岛屿。

船员安东尼奥·皮加费塔在他撰写的书《第一次环球航行》中描述了麦哲伦的死：

"一名印第安人朝船长的脸上猛掷了一根竹矛，但船长马上就用自己的长矛干掉了他，那根长矛扎在那个印第安人身上，没有取出。后来，船长把手放在刀上，他可能想拔刀，但因为胳膊受了伤，仅能拔出一半。当地人看到这一幕后，纷纷拿起自己的竹矛朝船长猛掷。"

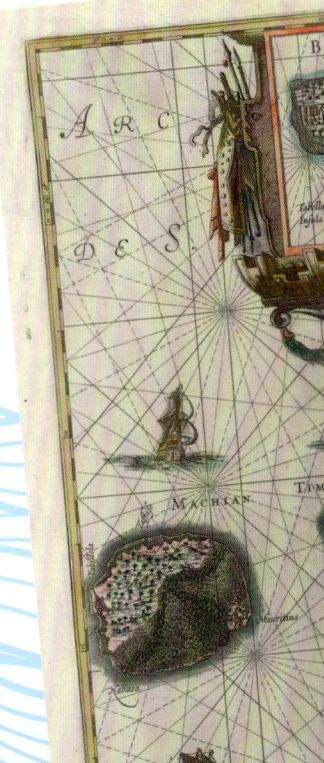

其他成功的早期环球航行者

弗朗西斯·德雷克（于 1577—1580 年）

奥利维尔·凡·诺尔特（于 1588—1601 年）

威廉·丹彼尔（于 1679—1691 年、1703 年、1708—1711 年）

从乘船航行到乘热气球飞行，

在 21 世纪，有许许多多不同的环球旅行方式。

你想不想试一试？

随着探险者对世界的进一步发现，制图者（制作地图的人）也忙个不停。这幅由亚伯拉罕·奥特柳斯绘制的太平洋及周边国家的地图于 1589 年完成，还展示了麦哲伦航船横渡大洋的情形

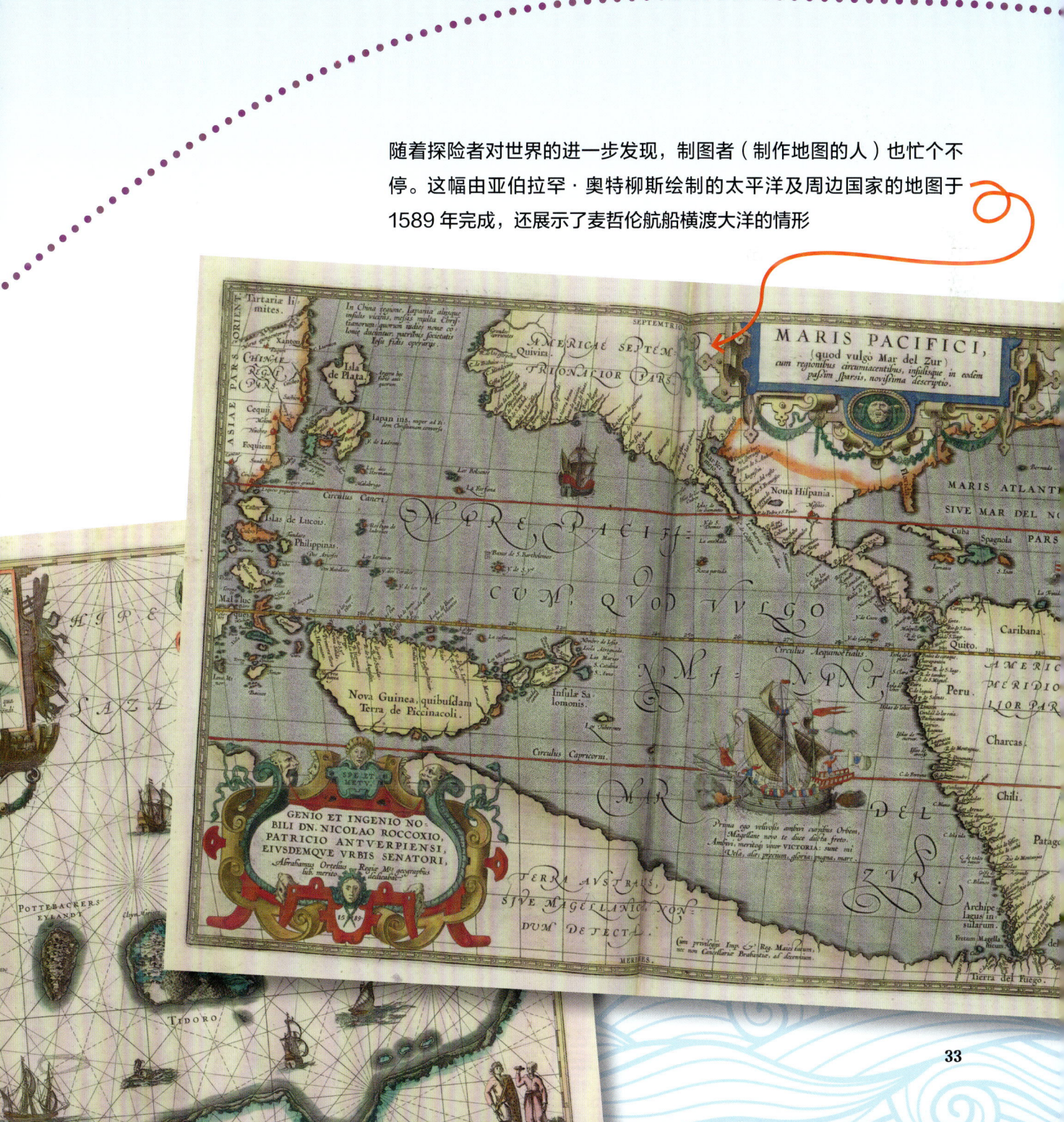

寻找西北航道

欧洲的船员知道，他们与太平洋之间横亘着北美洲与南美洲大陆，但他们下定决心要找到一条通路。1576—1631 年，探索的焦点集中在西北航道。

弗罗比舍

旅行资料

时间：1576—1631 年开展了八次尝试

地点：加拿大北部的冰封海域

方式：小型木帆船

原因：寻找到达中国的北方海路

人员：弗罗比舍（1576年、1577 年和 1578 年），戴维斯（1585 年和 1587 年），哈德孙（1610 年），巴芬（1616 年和1631 年）

到达中国

数百年来，欧洲船员与航海者都在努力寻找到达香料群岛与中国的便捷之路。他们取得了一定的进展。1497 年，瓦斯科·达·伽马在与狂风、洋流的抗争中，成功地渡过非洲最南端，麦哲伦也于 1520 年在南美洲的近最南端处通过了一条危险路线。但探索仍在继续。

据推测，从欧洲出发，绕过北美大陆的最北端，利用一系列的海域、海湾与水路，探险者可以找到一条通向中国的航路。这条路线就是所谓的西北航道。找到这条路并不是一件容易的事。想要尝试这趟航行的勇敢探险者将要面对难以想象的危险：浮冰、怀有敌意的当地人，以及极寒气候。

巴芬岛

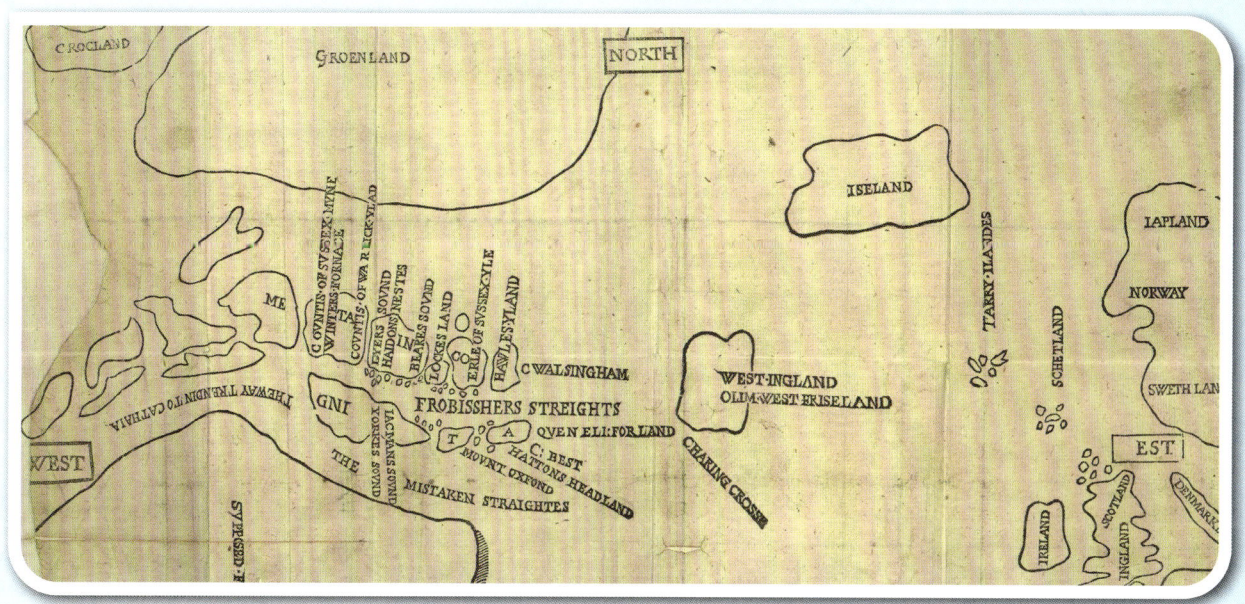

该地图收录于 1578 年的一本书中，展示了弗罗比舍寻找
西北航道入口时探索过的地区

金子还是荣誉？

　　马丁·弗罗比舍是一位英国航海家与探险家，他想要接受寻找西北航道的挑战。1576 年，弗罗比舍乘坐一艘名为"加百利号"的小船横渡大西洋时，船上仅有 18 名船员。在巴芬岛的东南海岸，弗罗比舍发现一处会涌出强大水流的通道。这里可能就是西北航道的入口，但在展开进一步探险前，弗罗比舍的船员给他带来了一个振奋的消息，他们发现了金子！弗罗比舍带着发财梦回到英国，并着手筹划返程。

　　弗罗比舍后来分别于 1577 年与 1578 年两次回到那里。他的第三次也是最后一次航行，也是他带领队伍规模最大的一次，共出动了 15 艘船。船上载着贵重的矿石回到了英国。然而，对弗罗比舍而言不幸的是，他那闪闪发光的货物最后被证明是黄铁矿，一种看似黄金但并不值钱的矿物。

弗罗比舍在巴芬岛旁边发现的航道后来被命名为弗罗比舍湾。

35

结了冰的艰险路线

如果从地图上看西北航道，你很难理解探险者试图寻找的路线有多艰险。这条路线要驶过加拿大与美国阿拉斯加州北部的海湾与峡道。中间有许多岛屿可以绕行，但为什么这条路线如此具有挑战性呢？答案在于这个地域的极寒天气。

成千上万座巨型冰山在格陵兰岛与巴芬岛之间漂流，其中有些冰山可达 90 米高，它们是移动的隐患，船长要竭力躲避才行。

是敌是友？

加拿大原住民主要为因纽特人、阿尔贡金人和易洛魁人。从 16 世纪欧洲探险者开始探索并试图在这些北方地区安居的时候，这些原住民就早已居住在加拿大。欧洲人殖民、探险的成败常常取决于探险者与当地人交往是否顺利。

弗罗比舍航行时，与当地的因纽特人有过敌对冲突。这两队人互不信任。在他的第一次航程中，弗罗比舍一方失踪了五个人，而对方也有几名因纽特人被绑架或被杀害了。

该插图是在弗罗比舍最后一次前往该地区几年后绘制成的，展现了他的部下与格陵兰的因纽特人发生冲突的场景

海面结冰后，寻找西北航道的探险队通常预计要在船上消磨一个冬季。船员将面临寒冷、饥饿与患冻疮的危险。如果船队的供给规划不足，船员还可能患上坏血病。托马斯·詹姆斯在 1631 年寻找西北航道经过此地域时，对在船上经历的寒冷天气这样描述道：

"……这样极端的冷实在难以忍受，任何衣服都无法抵御寒冷，任何运动都不能抵挡寒意侵袭。甚至连我们眼皮上的睫毛也被冻住了，什么都看不见。"

航行继续，他们仍在寻找他们所认为的将要通向太平洋的通路，船员可能已经发现航道被不可通行的海上浮冰阻塞。大块的浮冰可能会撞坏他们的船，他们也可能会遇到约翰·戴维斯在 1587 年第三次试图寻找西北航道时所描述的"一个巨大的漩涡"。

假如你是船长，也有成功让船免遭冰山或浮冰毁坏的航行经历，那么你或许想试试在冬季航行。你会很快看到周围的海域逐渐结冰，在继续航行之前，好的船长通常会寻找一个可以停留一整个冬天的避难所。

"这只是冰山一角！"

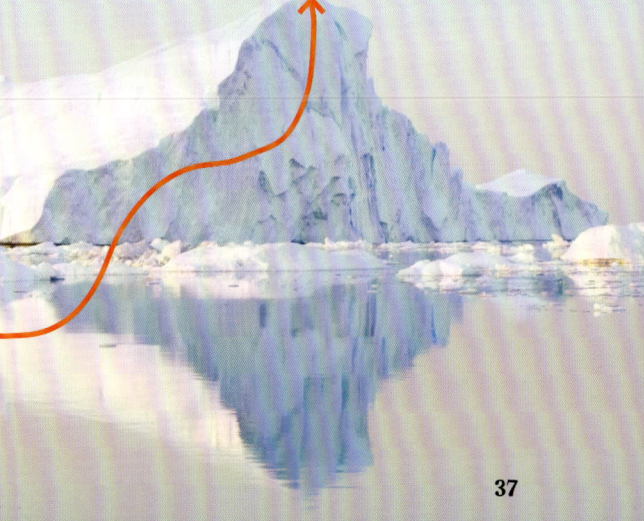

我们通常只看到了冰山的很小一部分，即露在海面上方的一角，但冰山可能规模巨大。隐藏在下面的剩余部分会给经过的船只造成大麻烦

亨利·哈德孙享有少有的优待,以他的名字命名的水路不止一条或两条,而是三条——哈德孙河、哈德孙海峡,还有辽阔的哈德孙湾。但对于哈德孙而言,这并不都是好消息。发现哈德孙湾后,哈德孙和船员花了一整个冬天等待破冰,才继续启程探险。不幸的是,他的船员在熬过了一整个悲惨的冬季之后并不渴望继续同他一道,所以他们把这位探险家、他年幼的儿子还有另外七名船员放在一艘船上,任他们随波漂流。后来,再也没人见过这九个人。

在加拿大的法国人

1603 年,萨缪尔·德·尚普兰受命寻找一条穿过出了名难以对付的"拉欣急流"以到达中国的路线。他有一艘小船,那是一种小型敞开的独桅船,专门为通行险滩而设计,但是他失败了。他意识到当地原住民设计的更简单的独木舟实际上更能胜任这项工作!然而,即便有了这个发现,他也仍然未能发现一条可以从加拿大内陆到达中国的路线。

当地因纽特人的海上独木舟先由骨头和浮木搭成,再将海豹皮拉伸包裹在船架上

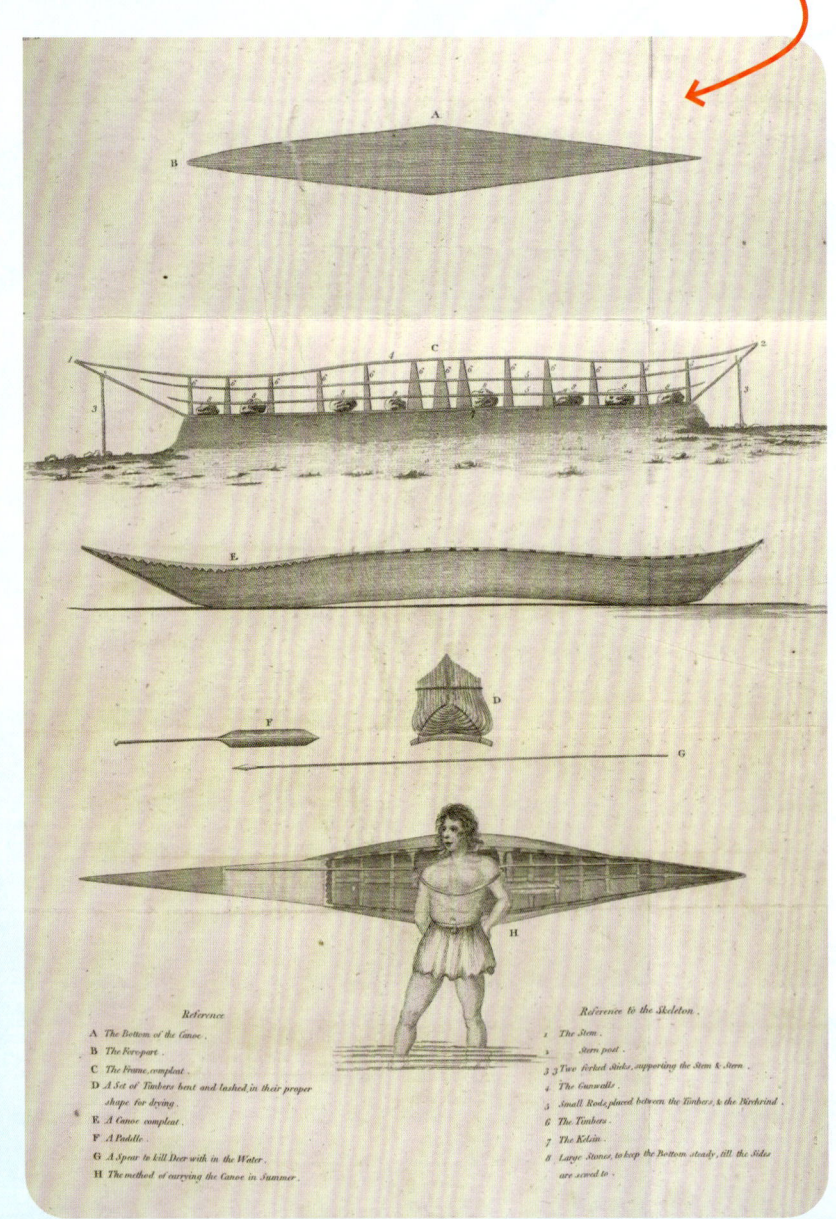

继续朝北

　　1616 年，威廉·巴芬与罗伯特·拜洛特带领船队一路北上，与戴维斯海峡里的浮冰一路对抗，最后到达一处开阔水域，现在称为巴芬湾。他们到达北纬 78° 地区，这是 200 年来探险家所能到达的最北纬度！巴芬还经过了西北航道的入口兰开斯特海峡，尽管他当时并不知道这点。然而很不幸，当时这条航道被浮冰堵塞，因此他无法进一步探索。将近 400 年后，西北航道才最终通航。1903—1906 年，挪威的著名探险家罗阿尔德·阿蒙森成功驾驶他的船"格约亚号"穿过裹挟着冰雪的棘手水域。

走捷径

　　在 21 世纪，即使大型货运飞机已经问世，我们仍然需要在欧洲与东亚之间保持航运。对今天的巨型集装箱货轮而言，有两条可行的路线。第一条是巴拿马运河，这条运河将北美与南美大陆一分为二，连接大西洋与太平洋海域。第二条是苏伊士运河，可以让船只从地中海到达红海，从而连接大西洋与印度洋。

公海上的海盗

1557 年，弗朗西斯·德雷克率领一支船队穿过大西洋。将近三年后，他回到英国时受到了英雄般的欢迎。他的船舱里藏了一大堆宝藏，并且有幸成为第一位环游世界的船长。

海盗、冒险家、探险家、指挥官

弗朗西斯·德雷克成功的航海生涯始于英格兰德文郡，当时他在富有的霍金斯家族的船只上当学徒。约翰·霍金斯日渐引起了女王伊丽莎白一世的注意，而他手下最令人印象深刻的船长弗朗西斯·德雷克也同样引起了女王的注意。当时，德雷克因为在中美洲抢劫西班牙殖民地船队而名声大噪。

旅行资料

时间：1577 年 12 月—1580 年 9 月

地点：环航地球

方式：出发时他率领了五艘船，但返乡时仅带了一艘船，即"金鹿号"

原因：秘密！

人员：弗朗西斯·德雷克

 德雷克在玻利维亚的卡塔赫纳抢劫

奴隶贸易

通常约翰·霍金斯被认为是英国的第一名奴隶贩子。1562—1567 年，霍金斯曾三次到达非洲的几内亚和塞拉利昂。据估计，在此期间，他们大约掳了 1200 名非洲人做奴隶。德雷克在霍金斯的船上从学徒做起，在德雷克的第三次奴隶运输航行中，他当上了"朱迪思号"的船长。

在给自己和家族带来巨额财富的同时，霍金斯的成功也受到了伊丽莎白女王的认可。英国最终于 1772 年在本土废除奴隶制。1833 年，英国宣布奴隶制在所有不列颠领土上均为非法。

秘密任务

1577 年，由弗朗西斯·德雷克担任船长的"鹈鹕号"率领由五艘船组成的船队从康沃尔半岛出发横渡大西洋。这次航行的目的不得而知，但这可能是伊丽莎白女王为激怒西班牙人而定下的一项秘密任务。

这次航行开始时并不顺利。离开普利茅斯后没过几天，海上刮起了风暴，船队被迫在法尔茅斯的避风港停留，船只也必须要接受修理。德雷克很不高兴，他怪罪那些给船装载货物的人带来了不少麻烦。恢复航行后，他们驶入海洋。

和当时横渡大西洋的许多船只一样，这些船在驶向美洲之前会在几个地方停靠。德雷克在非洲海岸做了短暂的停留，之后到达佛得角群岛，在那里，他打劫了一艘葡萄牙船上的货物。在海上度过几个月之后，1578 年 4 月，探险队到达了今天的乌拉圭海岸，然后转向南方。

五艘船中只有三艘到达了今天阿根廷南部的圣胡利安港，船队准备在那里过冬，然后通过出名艰险的麦哲伦海峡。另两艘船在航行过程中被遗弃了。

还有一个……

德雷克的船"鹈鹕号"之后被他更名为"金鹿号"，这是唯一一艘通过麦哲伦海峡后继续完成航行的船。他的三艘船刚进入太平洋，暴风雨就把它们吹得四散。"金鹿号"被吹到了南美洲最南端，"金盏花号"及其所有船员沉没海底，"伊丽莎白号"则掉转风帆返回英格兰。

"金鹿号"被刮离航线的时候，德雷克有了一个重大发现。在他航行的时代，人们认为有一片巨大的南方陆地位于南美洲以南，并可能与南美洲相连。但绕过位于麦哲伦海峡以南的岛屿岬角合恩角时，德雷克只看到了海洋，这让他意识到，没有另一片大陆与南美洲相连。

德雷克的船"鹈鹕号"（后更名为"金鹿号"）

这幅 16 世纪 90 年代的地图展示了德雷克环游世界的路线。你能找到在南美洲最南端正准备掉头的"伊丽莎白号"吗?

狂 风

怯懦胆小的人不适合在南美洲周围海域航行。船员们远离家乡,面对的是陌生甚至有时令人心生恐惧的环境。随行牧师弗朗西斯·弗莱彻描述了德雷克通过巴塔哥尼亚地区的航行经历,其中记录了船员需要经受的考验,并解释了船只如何会被轻易地刮离航线:

"有些山高到山顶出现了积雪,阵阵狂风正是从那里刮来。有时候两三股风交汇在一起,之后它们仿佛一个整体,会猛地落入洋面,打转着刺入海洋深处,使波涛涌动,涌向四面八方。"

德雷克环球航行期间,他和船员第一次见到企鹅,"它们的头、眼睛和脚像鸭子,但整体又像一只鹅"。你觉得他们对企鹅的描述准确吗?

海盗德雷克

安全通过麦哲伦海峡进入太平洋之后，"金鹿号"改变方向，向北沿着南美洲西海岸航行。德雷克，这名曾经的海盗，在路上打劫了西班牙殖民者，掠夺了他们船上的财宝。在打劫停留在利马港口里的船只时，德雷克听说了一艘名叫"卡卡弗戈号"的西班牙宝藏船，据说那艘船上装满了银子和珠宝。德雷克沿着海岸线一路直追，在巴拿马成功地拦截了这艘船，抢走了价值数十万比索的银子。

德雷克北上到达了加利福尼亚，经过了最后一个西班牙殖民地。他甚至有可能最北行至今日的美国旧金山。德雷克声称这片土地为伊丽莎白女王所有，将其命名为阿尔比恩。

西班牙宝藏船"卡卡弗戈号"

该地图有时也被称作德雷克寻宝图，由约多库斯·洪迪乌斯于1595年绘制。高亮小点展示了德雷克环行地球的路线，还有他在北美洲的登陆地。你能在该地图上看到就在加利福尼亚上方的新阿尔比恩吗？

德雷克的备忘录

骚扰西班牙人 ✓

抢劫很多财宝 ✓

搜集太平洋的信息 ✓

成为第一位环游世界的船长 ✓

你知道吗？

回 归

1579 年 7 月，德雷克离开北美洲，朝西南方向横渡太平洋。他穿过了菲律宾群岛与东印度群岛，经过非洲西南端的好望角，于 1580 年 9 月回到英格兰的朴次茅斯。他带回的财宝在当时价值大约 60 万英镑，换算成今天的货币将值数百万英镑。德雷克的回归使伊丽莎白女王很高兴——她喜欢珠宝，也喜欢德雷克的劫掠惹怒了西班牙人。仅仅六个月后，伊丽莎白女王就授予德雷克骑士称号。

德雷克 vs 西班牙

弗朗西斯·德雷克也因作为 1588 年打败西班牙无敌舰队的三大指挥官之一而扬名——但那另当别论。

女性先锋

玛丽亚·西比拉·梅里安喜欢画昆虫，但是她不再对男性探险家带回欧洲、已失去生命力的异国标本感兴趣，梅里安决定自己前往丛林，她不在乎这样的航行对于当时的女性来说有多么少见。

旅行资料

时间：1699—1701 年

地点：南美洲苏里南的热带雨林

方式：航行跨越大西洋，用斧头在热带雨林里砍出了一条路

原因：为了科学

人员：玛丽亚·西比拉·梅里安和她的女儿多罗西娅·玛丽亚

玛丽亚·西比拉·梅里安是谁？

玛丽亚·西比拉·梅里安于 1647 年出生于德国法兰克福。父亲去世后，她的母亲改嫁给画家雅克布·马雷尔。随着梅里安逐渐长大，她受继父的启发，开始绘画——主要画花卉与昆虫，尤其是对毛毛虫如何蜕变为蝴蝶特别感兴趣。她凭借出色的植物学和昆虫学插图而闻名。

植物学艺术家是什么人？

植物学艺术家是描绘植物与花卉的人。梅里安还是一位昆虫插图画家，即绘画昆虫的人。在照相机还不存在的时代，这是非常重要的职业。科学界和那些渴望知识的人很依赖梅里安这样的艺术家创作出准确的图画，这些画作能真实地反映自然的奇妙——从最小的昆虫到最高的树木。

苏里南

昆虫学家就是研究昆虫的人。

目标制定

梅里安与丈夫分居后，带着两个女儿从德国搬到了荷兰。她仍然对毛毛虫以及它们如何变为蝴蝶感兴趣。但让她感到沮丧的是，她只能研究和绘画被钉住了的、失去生机的标本，这些标本是由一些去过荷兰殖民地（尤其是苏里南）的男性旅行者带回到阿姆斯特丹的。梅里安想亲自去看活的动物。她非常努力地工作了八年，向当地科学家证明了自己能够胜任这项工作。最后，她全部的努力得到了回报。阿姆斯特丹市给梅里安提供了资金，资助她前往荷兰殖民地苏里南的行程。这是一项巨大的成就，因为在当时，这些资金通常只提供给男性。

苏里南

一场伟大的冒险

1699 年，52 岁的梅里安和她的小女儿多罗西娅·玛丽亚一起出发前往苏里南。她们在帕拉马里博的海边定居下来后，沿着苏里南河向上游航行，暂住在糖料农场。通过这种方式，她们能够步行到雨林里去收集、研究并绘画在那里发现的动植物。热带雨林里的树木与其他植物非常茂密，随行的奴隶不得不用斧头砍出一条通路。

苏里南

苏里南是南美洲小国之一，它位于该大陆的东北海岸，介于圭亚那与法属圭亚那之间，以繁茂的热带雨林与充满野生动植物的河流闻名。早在 1593 年，西班牙人到达此地并将其命名为苏里南时，其他欧洲人就已经去过该地了。1667 年，英国人用苏里南与荷兰人交换到了另一个城市新阿姆斯特丹，那是一座北美洲城市，即现在的纽约。

该幅画作是德克·瓦尔肯堡绘制的一个苏里南种植园，创作时间大致与梅里安及其女在该国旅行时间相同

荷兰帝国

荷兰东印度公司成立于 1602 年，旨在保护和管理荷兰在印度洋地区的贸易。荷兰西印度公司成立于 1621 年，当时这个国家开始和非洲、南美洲及中美洲地区开展贸易。这些公司不仅保护贸易，而且有权和当地的国王谈判在这些外国地区修建堡垒并保留武装力量。因此，尽管荷兰东印度公司和西印度公司主要专注于贸易，但它们也是荷兰政府在其殖民地的延伸。

1699 年，梅里安前往苏里南时，荷兰人控制的地域范围从印度尼西亚和斯里兰卡一直延伸到南部非洲、北美洲和中美洲地区。他们主导着亚欧之间的香料贸易，还参与了非洲与美洲之间的奴隶贸易。

这是荷兰东印度公司的纹章。VOC 是联合东印度公司的缩写

右图是梅里安的精妙描绘之一，摘自她的书《毛毛虫》

"很多毛毛虫完整的蜕变过程要脱落三到四次外皮，过程就像一个人从头顶脱掉衬衫一样。"

她把这个过程称为"毛毛虫的非凡转变"

49

有趣的书

　　1705 年，从南美洲归来几年后，梅里安的《苏里南昆虫变态图谱》一书付梓。这是一部富有开创性的作品，在科学界引起了不小的轰动。

　　梅里安画作不同于往常的是，昆虫与其他一些动物都聚在赖以生存的植物附近。人们以往习惯于在这一页上看到蜘蛛的插画，在另一页上看到蝴蝶的插画。梅里安画出的这些生物和她在真实生活中见到的一样，相互间有所互动——即使这意味着要向读者展示它们互相吞食的场景。

梅里安在 1705 年出版的书中是这样描述食鸟蛛的：

"我在番石榴树上发现了许多这样的大黑蜘蛛。它们全身长满了毛，锋利的牙齿可以猛地咬住猎物，并向内注射毒素。当没有足够的蚂蚁果腹，它们也会寻觅巢中的小鸟，吸干它们的血。"

成功的三人组

梅里安为她的两个女儿树立了良好的榜样。她的大女儿约翰娜·海伦娜于1711年与丈夫一起移居苏里南。她以自己的方式成为一位著名的艺术家，擅长植物与动物主题。

陪同梅里安出航的多罗西娅·玛丽亚前往圣彼得堡工作，成为俄罗斯帝国沙皇彼得一世的科学插图画家。她打破了惯例，成为俄罗斯科学院聘用的第一位女性。

该幅凯门鳄与蛇的画作由梅里安的小女儿多罗西娅·玛丽亚创作

外表可能具有欺骗性

1766年，法国植物学家让娜·巴雷想要在一艘探险船上工作，但当时女性以这种方式旅行仍然不受世人认可。因此，她和船上的植物学家菲利贝尔·德·科梅松想出了一个巧妙的计划——她把自己乔装成一名男性。多年间，巴雷一直保守着自己的秘密，用绷带包裹身体，使自己看起来体型更像个男人。直到船只在塔希提岛停靠时，巴雷的装扮才被揭穿。一个当地人一下子看出了她的伪装，对船长说在船上看到女人非常少见。船长听后尴尬又愤怒！巴雷返回法国后，即成为第一名完成环球航行的女性。

库克船长的发现之旅

詹姆斯·库克船长率领船队前往南太平洋的塔希提岛观测太阳系，但正是他在我们这个星球上的意外发现，使他成了一位真正的探险家。

詹姆斯·库克是谁？

1728 年，詹姆斯·库克出生于苏格兰。他在北约克郡惠特比的商船队中开始了航海生涯。他在惠特比所住的房子现在成为库克船长纪念馆。1755 年，他加入了英国皇家海军，在那里因出色的航海技能闻名。

旅行资料

时间：1768 年 8 月—1771 年 7 月

地点：从普利茅斯出发，到南太平洋

方式：乘坐原本为煤船的"奋进号"

原因：科学观测，但也有一项秘密挑战

人员：詹姆斯·库克船长率领包含船员和科学家的 96 人团队

塔希提岛

观察金星

库克船长前往塔希提岛的主要目的是观察金星凌日。除了"官员、海员、绅士和他们的仆人"，他还带两名天文学家登上了他的"奋进号"，准备为此事进行测量。科学家在当时认为，通过测出金星穿过太阳所需的时间，可以计算出地球到太阳的距离，甚至能够计算出宇宙的大小！

1768 年 8 月 25 日，这支队伍从英格兰的普利茅斯出发，7 个月后到达塔希提岛。他们用两个半月的时间穿越太平洋，这期间历经冰风暴与寒冷气候，终于到达了这个热带海岛，这结果是一种令人欣欣鼓舞的安慰。

他们在这个岛上待了 3 个月，于 1769 年 6 月 3 日观察到金星凌日，并对塔希提岛做了细致的考察。

他们如何找到路线呢？

库克船长使用了航海天文钟，这是一种让船员可以在海上航行的时候查看精准时间的特殊钟表。运用这些信息，他们可以计算出自己已经航行了多远。

遥远的南方

和船员完成了在塔希提岛上的科学研究后，库克船长打开了一封国王乔治三世所写的密信，信中有一道秘密旨令：寻找许多人认为存在于遥远南方的一块大陆。

塔斯曼的船停泊在新西兰

并非第一人

17世纪初，是荷兰船员最早看到了澳大利亚西北海岸。1619年，弗雷德里克·德·豪特曼在接近今天珀斯的位置登陆，但他没有继续向陆地深处前进。

1642年，阿贝尔·塔斯曼环绕澳大利亚航行，发现了南海岸不远处的一个岛屿，后来这个岛便以他的名字命名为塔斯马尼亚。

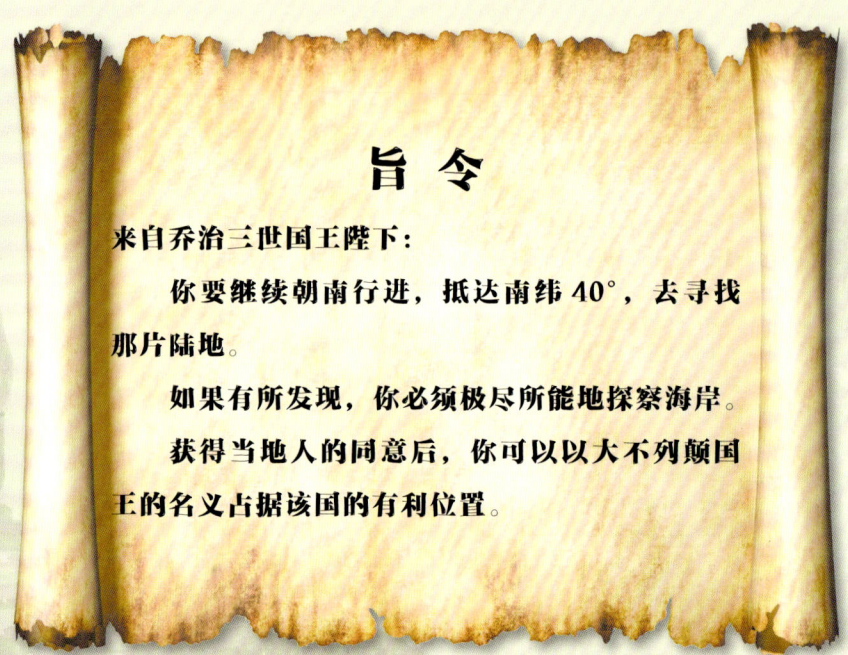

旨 令

来自乔治三世国王陛下：

你要继续朝南行进，抵达南纬40°，去寻找那片陆地。

如果有所发现，你必须极尽所能地探察海岸。

获得当地人的同意后，你可以以大不列颠国王的名义占据该国的有利位置。

这些旨令意味着，探险家必须要航行到南纬40°去寻找"未知的南方大陆"。当时人们认为南部大陆是一片肥沃的陆地，岩石里含有贵重金属。为大不列颠寻找并认领到这块岛屿，是非常值得一试的事。

库克船长按照旨令向南航行。他们越往南，天气越冷——船员的手指都冻到粘在绳索上了！

离国王所指的目的地越来越近时，船上的每个人都在寻找这片陆地。你可以想象，当有人大喊他们看到陆地时的兴奋，还有当他们意识到自己只是看到了一片雾时的失望。探险者目之所及都是茫茫大海，所以库克船长向北撤回，开始执行最后一部分任务，为大不列颠认领新西兰岛，并绘制海岸线地图。

澳大利亚

　　库克船长在新西兰完成了委派的工作。在那里，他确认了该地是由两个岛组成。之后，他赶赴"新荷兰"，即我们现在所称的澳大利亚，去探索那里的海岸。1770 年 4 月，"奋进号"在今天悉尼附近的一个海湾下锚。探险者对这里能收集到大量的新植物标本印象深刻，因此他们把这个地方命名为"植物学湾"。

　　"奋进号"在朝北开的路上撞上了大堡礁，整艘船差点儿被撞碎。船在礁石上搁浅了近 24 小时，船员们才设法使船重新浮起。库克船长利用他的专业技术小心翼翼地使船沿着海岸线行驶，以便在修复损坏时找到安全的地方。修复工作耗时七周。在此期间，船员与当地原住民成为朋友，并对一些不寻常的野生动植物做了了解。1771 年 7 月，在离开英国近三年后，探险者们终于回到了英国。

植物学就是研究植物的意思。

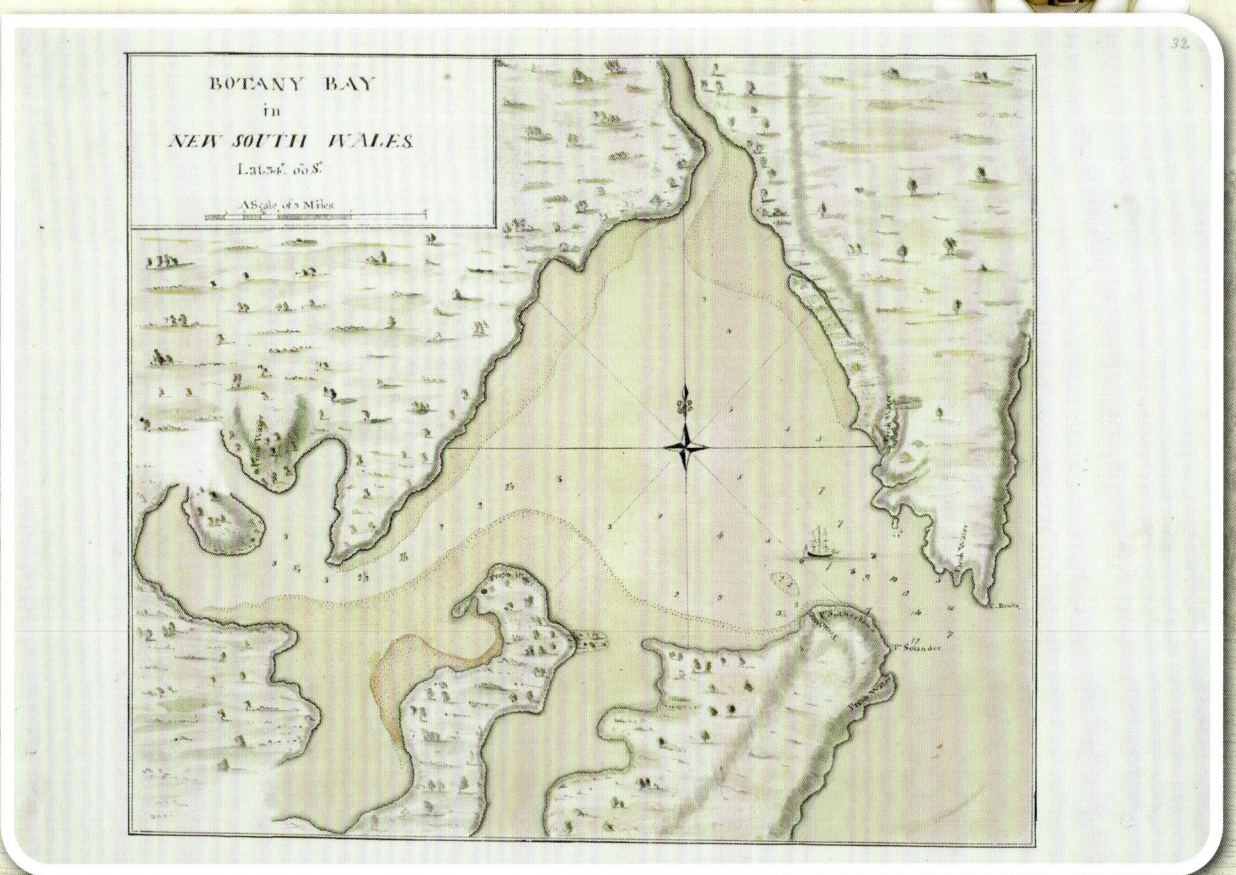

库克船长绘制的植物学湾地图

库克再次出发航行

尽管在第一次航行中取得了不小成就，库克船长还是觉得他在南部海域上的工作尚未完成。

回到家乡后不到一年，库克船长就收到一项命令，要航行到以前从没有人到达过的更南方。这项挑战非常适合这位爱冒险的船长。1773 年，库克船长终于穿越了南极圈。他沿着冰架的边缘航行，整整绕了南极一圈。库克船长证明了他一直寻找的富饶、肥沃并充满珍贵矿石的大陆并不存在。

1784 年出版的书《去往太平洋的航行》中，库克船长和詹姆斯·金船长这样描述在夏威夷看到的冲浪：

"偶尔在海浪还没来时，也会有人出发，他们平趴在和自己大小、宽度接近的椭圆形板上，腿部紧贴冲浪板，用手臂控制板子的方向。等到涌上海岸的大浪到来，他们就用手臂一直向前划水，保持在浪头上；海浪会以惊人的速度送他们上岸。要使板子在浪的上方总保持一个合适的方向，这需要很高超的技术。"

南极洲的"圣诞湾"

库克将夏威夷群岛以他的赞助者桑威奇伯爵（Earl of Sandwich）的名字命名为"桑威奇群岛"，而不是以他的午餐命名的！*

*Sandwich 作为食物时，意为三明治。

56

第三次航行开始于 1776 年 7 月，库克船长的目标是找到以前许多探险家都未能找到的西北航道（更多细节参见第 34—39 页）。库克船长和他的船员乘船跨越太平洋前往北美洲，在夏威夷群岛登陆。他们是第一批登陆的欧洲人，因此，他们也是最早看到夏威夷居民冲浪的欧洲人。

库克船长带领船员从夏威夷出发，朝北驶向北冰洋，但没有找到通往大西洋的通道，所以又朝南返航。库克船长决定再次在夏威夷群岛停留，不幸的是，他的航行就此结束。1779 年 2 月，库克船长在一场与当地人的争斗中被杀害。

库克船长的突出成就

他发现的地球表面位置比其他人要多很多。

他坚持要求船员饮食均衡合理，确保无人死于坏血病。

他率先利用地图实践科学的航海。他的一些地图非常精准，到 20 世纪仍在被使用。

该地图展示了库克船长三次航行的主要路线。你能看到"新荷兰"和"范迪门斯地"吗？说成澳大利亚和塔斯马尼亚岛你可能更熟悉

探索狂野西部

梅里韦瑟·刘易斯和威廉·克拉克带领一支队伍，即著名的"发现军团"，深入美国狂野的西部地区。他们的初衷是寻找一条前往太平洋的便捷贸易路线，但在这一过程中，他们收获的对美国的了解超过预期。

旅行资料

时间：1804 年 5 月——1806 年 9 月

地点：从美国密苏里州的圣路易斯出发，到达太平洋后折返

方式：一艘吃水浅的内河船只，还有两艘较小的独木舟

原因：探索美国政府获得的新领土

人员：梅里韦瑟·刘易斯和威廉·克拉克率领的 33 人探险队

国家的诞生

1776 年 7 月 4 日，《独立宣言》宣布 13 个北美洲的英国殖民地脱离英国统治。这 13 个殖民地合在一起被称为美国。1803 年，法国皇帝拿破仑·波拿巴将路易斯安那领地（从今天的美国北部蒙大拿州一直延伸到南部路易斯安那州）出售给美国，使这个新国家的面积实际上翻了一番。美国总统托马斯·杰斐逊决定，应该科学探测并研究这些新土地。与此同时，美国人应该设法找到从内陆乘船到达太平洋的方法。

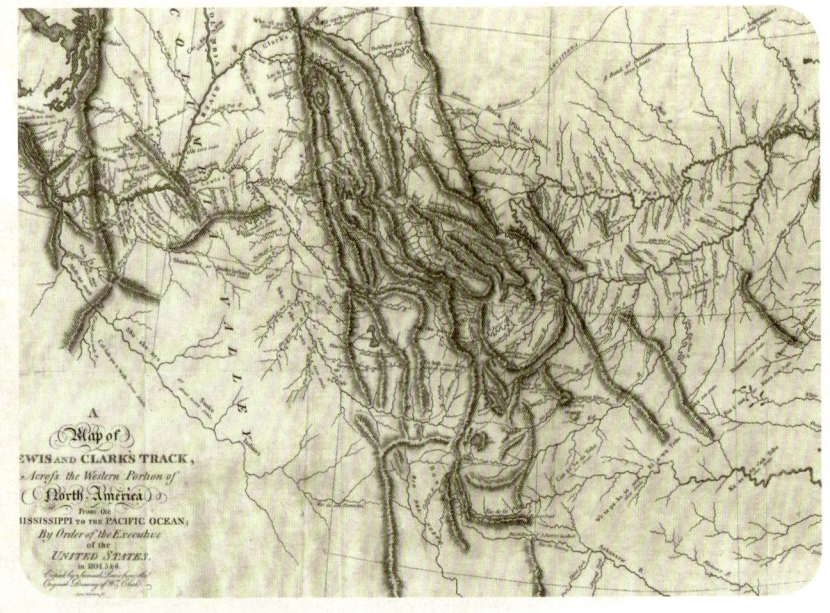

刘易斯与克拉克的路线图

无所不能的船

刘易斯与克拉克乘坐的内河船是专门为这次航行设计的。这艘船足够灵活，能应对不同的河流条件，也可以应对他们可能不得不经过的陆地。这种船可扬帆航行，可划桨行进，可撑篙推行，还能在地上拖行。图上是一艘他们当年使用的内河船现代复制品。

梅里韦瑟·刘易斯

威廉·克拉克

联合船长

杰斐逊总统在挑选谁来带领这支探险队穿越美国时，觉得没人比他信任的私人秘书梅里韦瑟·刘易斯更适合了。刘易斯则认为另需要一个人来帮助自己完成这次重要的航程，所以他邀请了朋友威廉·克拉克作为联合船长加入他的行列。刘易斯与克拉克曾经一起当过兵。克拉克是老到的步枪兵，而刘易斯曾经在植物学、矿物学（研究矿物）、航海和医学方面接受过科学培训。他们合作，将会组成一支所向披靡的队伍。

仍在寻找西北航道

在马丁·弗罗比舍首次尝试寻找西北航道（完整故事见第34—39页）两百多年后，探险者仍在寻找在大西洋与太平洋之间的便捷航路。动物皮毛贸易商想要找到一条更便捷的道路，好把货物销售到东方的市场。

逆流航行

密苏里河

    刘易斯与克拉克另招募了 31 人组成了队伍，并且给团队起了一个相当气派的名号：发现军团。在密苏里州圣路易斯的出发点做好必要准备和集合后，发现军团于 1804 年的春天开始在密苏里河上航行。

    对探险队而言，出发并不顺利。探险者逆流而上，这意味着他们不得不奋力撑篙、拖船。到了夏末，他们已经走了大约 2500 千米。发现军团在北达科他州的曼丹堡搭起帐篷过冬，为他们接下来将要面对的险恶地形做规划。

团队合作

    刘易斯与克拉克知道，他们将要经历来自丘陵、高山，还有野生动植物的种种挑战。他们还知道，要想获得一丝生机，需要得到当地美洲原住民部落的帮助。在处理最后这个问题上，刘易斯和克拉克有肖肖尼族女人萨卡加维亚担当翻译，她能帮助他们和肖肖尼人交谈，让他们顺利航行穿过她的家乡。在探险旅途中，她还生下了一个儿子！

语言障碍

到达一个讲着完全不同语言的国度，你会如何与当地人交流呢？你会尝试学习一些他们的语言？请一名翻译或比画手势？还是乐观看待，直接缓慢大声地讲自己的母语？要尝试与自己语言不同的人展开交谈，这确实非常困难。你会不会疑惑，早期的探险者如何和他们到访国家的本地人交流呢？

1770年，库克船长到达澳大利亚时恰好就记述过这个问题：

"看我们逐渐靠岸，他们都匆忙避开了，除了两个人，他们似乎坚决反对我们登陆。为了同他们讲话，我看到这个情形就下令船只收桨，但这根本没用，因为他们说的话我们一个字都听不懂。"

刘易斯和克拉克甚至在探险队出发之前，安排了一次与奥托和密苏里部落成员的会面。组织这次会面的一个目的是，教刘易斯和克拉克在路上第一次接触可能遇到的部落时如何表现得友善。他们学会了如何做一个表示友好的动作，还学会了单词"塔巴骨"（白人）。刘易斯和克拉克还买了很多东西作为送给印第安人的礼物，如下图所示。

对于一支要探索新地域的队伍来说，你觉得"发现军团"这个名字起得好吗？如果换作你来带领一支探险队，你会怎么称呼自己的队伍？

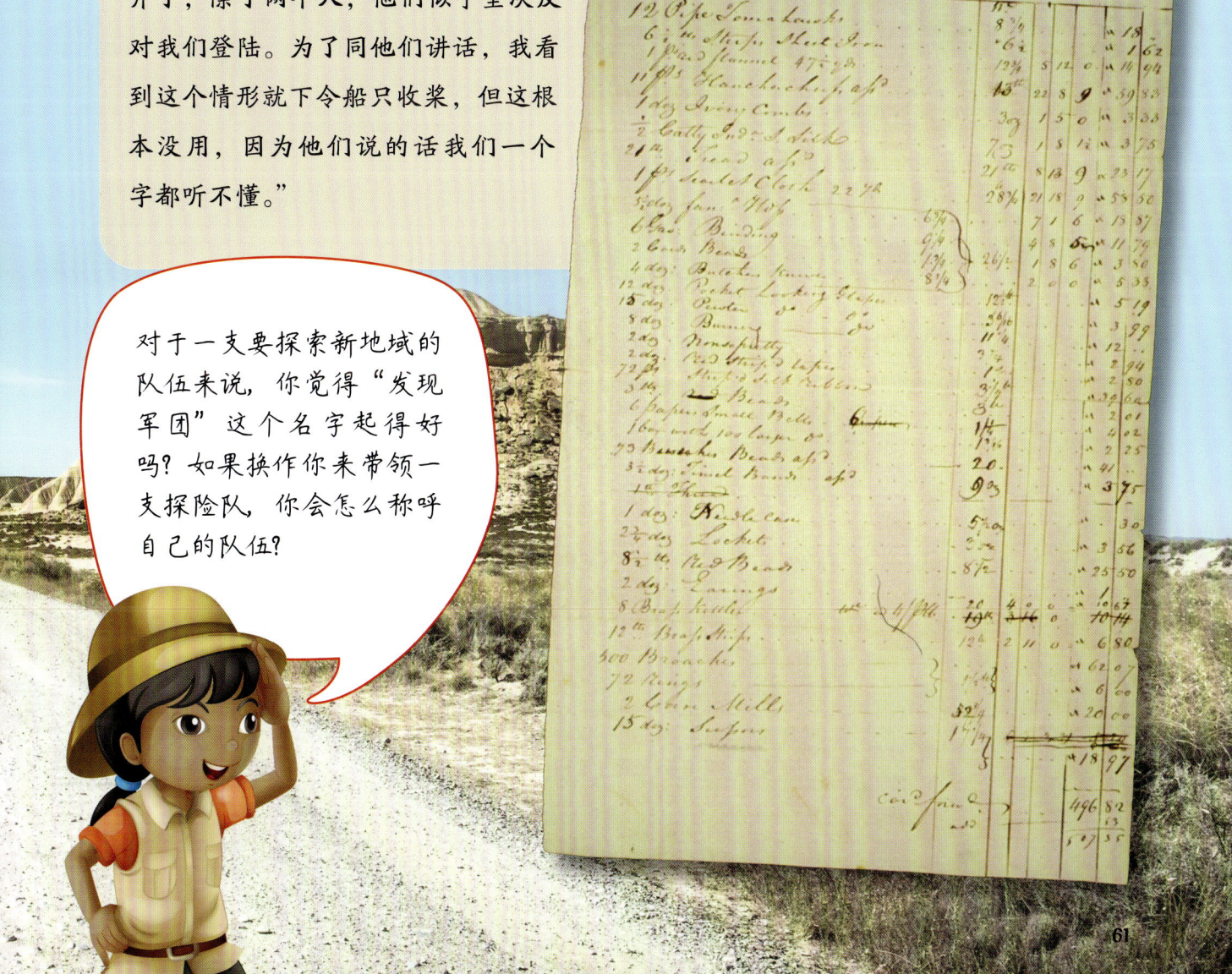

发现军团共行进了13,000千米。他们成功地找到了一条通往太平洋的航道，并在途中首次科学地描绘了一百多个新动物物种。

刘易斯与克拉克在哥伦比亚河沿岸，他们的旅程即将结束。站在后面的是萨卡加维亚与她的孩子和丈夫

名字里有什么？

有一种通常被称为"割喉鳟"的鱼，其学名为"克拉克大马哈鱼"（*Onc-orhynchus clarkii*），用的就是威廉·克拉克的名字，因为他画过这种鱼。

狂野西部

1805 年春天，探险者们离开了过冬营地，进入了西部荒野。曼丹堡西部的乡村并非你想的那样荒无人烟。事实上，刘易斯与克拉克发现，那里相当繁忙！美洲原住民部落居住于此并掌管着土地，这里有来自加拿大的英法贸易商，也有来自墨西哥的西班牙贸易商，这些人都旅行至此开展贸易。然后那里还有熊！探险队在旅行中看见过至少 62 只灰熊，但据克拉克的说法，"蚊子"（他写为 Musquiters）才是真正相当"令人讨厌"的物种。

发现军团到达太平洋的路上有一条险恶的道路，就是要穿越落基山脉的比特鲁特岭。因为不能简单地靠走路或坐船穿过，所以刘易斯与克拉克决定利用马匹来帮助他们翻过山口。在翻

译萨卡加维亚的帮助下，他们从肖肖尼人手中买下马匹。肖肖尼人还非常热心地提供了一名熟悉前方道路的向导。然而，天降大雪将探险队困在山中，他们事先所有的精心准备就此泡汤。探险队吃光携带的食物后，不得不宰杀马匹充饥。

后来，他们设法建造了独木舟，穿过了克利尔沃特河、斯内克河和哥伦比亚河的急流，终于离开了此地。

"看到海了！噢！开心！"

1805 年 11 月 7 日，克拉克在日记里这样写道。他们到达了目的地。

如果你有去美国北部野外旅行的计划，那么万一遇见熊，你应该采取什么行动？这里有一些实用的建议：

- 平静地对熊说话，让它知道你是人类。
- 保持冷静。
- 使自己尽可能看起来庞大——可以去到高处来达到这点。
- 如果熊站着不动的话，你就慢慢侧向移开——侧向移动对熊来说没有威胁。

小心熊出没

该插图是帕特里克·加斯为这次探险中的一篇日记所画

在探险期间，刘易斯船长曾被一头熊追赶："……他一回头，熊就张开大口全速奔向他。刘易斯船长跑了大约 70 米，发现这头动物正迅速朝他逼近。他急忙转身，跳入了齐腰深的河里，举着矛杆对准它。"矛杆即一种在末端固定着尖刺的杆子。

"小猎犬号" 航海记

1831 年，一名年轻的博物学者加入了一趟前往南美洲的航行。他在那里的发现将要永远地改变世界的想法。

旅行资料

时间：1831 年 12 月 27 日—1836 年 12 月 2 日

地点：从英格兰的普利茅斯出发环游世界，途经南美洲的西海岸与东海岸、加拉帕戈斯群岛、塔希提岛、新西兰、澳大利亚与南非

方式：乘坐"小猎犬号"—— 一艘为此次航行改装的战船

原因：达尔文作为同伴加入了罗伯特·菲茨罗伊舰长一行，航行原本计划用时两年勘测南美洲的海岸线

人员：查尔斯·达尔文、菲茨罗伊舰长，还有"小猎犬号"的全体船员

铺 路

18—19 世纪，为了科学目的而航行变得越来越普遍。船长带领船队为新发现的地方绘制地图之外，还要记录他们看到的动植物。船上载有植物学者或博物学者，还有领航员和测量员，这都变得非常正常。

这些博物学者忙于收集植物和动物，再用科学的方式描述它们。令人感到振奋的是，他们总是有新发现。一些参与早期航行的植物学者和博物学者都收集了大量新物种。1766—1769年，在与探险家路易·德·布干维尔展开的三年环球航行中，法国植物学家菲利贝尔·德·科梅松收集了大约 3000 种新物种。

"小猎犬号"行驶在麦哲伦海峡中，背景中是萨缅托山

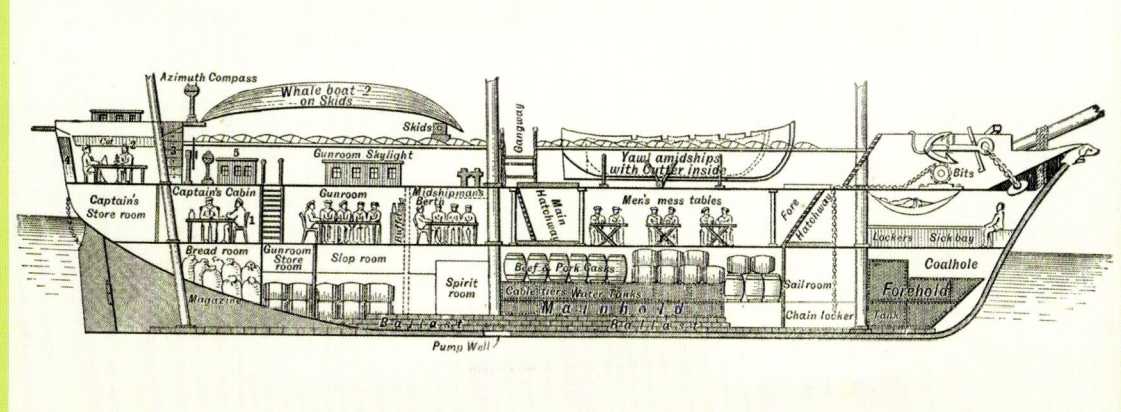

小猎犬号

　　"小猎犬号"最初是英国皇家海军的一艘10炮双桅纵帆船。这艘船经改装后用以勘测。在罗伯特·菲茨罗伊舰长的指挥下，它成功地完成了三次大型航程。在这些航行中，船上没有携带火炮，取而代之的是科学仪器——经纬仪、航海天文钟、气压计。达尔文乘坐时正值"小猎犬号"的第二次勘测航行，在这趟旅途中还首次使用了蒲福风级。

　　阿尔弗雷德·拉塞尔·华莱士是一位英国的博物学家，他于1854—1862年在马来群岛探索了八年。他收集了超过125,000件标本，提出了动物演化的一种理论，该理论与达尔文回到英格兰后提出的研究理论非常相似。

阿尔弗雷德·拉塞尔·华莱士

　　探索世界的不仅仅是植物学者和博物学者。兴趣广泛的科学工作者也在不断旅行，提出新的发现。这些科学探险家中有一名叫亚历山大·冯·洪堡的德国学生，年轻的他对探索一切新鲜事物都充满热情！1799年，洪堡去往南美洲研究火山——形成原理及生存于其周围的动植物。达尔文是洪堡的书迷，称他为"有史以来最伟大的科学旅行家"。

亚历山大·冯·洪堡

查尔斯·达尔文是谁？

查尔斯·达尔文在英格兰的乡间长大，那时的他喜欢收集各种零碎的东西，例如植物、矿物和贝壳。青年时期，他致力成为一名牧师，但他从来没有丧失对大自然的热爱，所以被邀请登上英国皇家海军"小猎犬号"、与菲茨罗伊舰长同行时，他欣然接受了这个机会，高兴地放下神职学习，加入了这次横渡大西洋的航行。1831年12月，他们从普利茅斯出发，达尔文年仅22岁，而菲茨罗伊也只有26岁。

罗伯特·菲茨罗伊舰长

陆地，啊嘿！

去南美洲的航行原本计划只需两年，但五年之后"小猎犬号"才回到英国海岸。在那五年中，达尔文只在船上待了533天（不到一年半）。他严重晕船，经常趁菲茨罗伊舰长与"小猎犬号"在水面上来回巡视海岸线时探索内陆。在内陆探险期间，达尔文观察了所看到的动植物，尽可能多地收集了标本。

我们知道达尔文不喜欢在海上航行，因为他曾这样写道：

"海浪大时，我常常有点儿晕船；这可不是什么好现象，要一周才能恢复。"

该地图展示了"小猎犬号"经过南美洲时大致采用的路线。船只要沿着海岸线航行，但达尔文喜欢在陆地上行走

在航行中，达尔文······

在佛得角群岛上第一次看到热带雨林。

参加了巴西里约热内卢的狂欢节。

在南美洲南端的火地岛附近勘测时，"小猎犬号"近处的一堵冰墙坠入水中，他帮助整个探险队脱险。

在阿根廷徒步了 1125 千米。

看到智利的奥索尔诺火山喷发。

在智利的瓦尔迪维亚附近经历了一次地震。

在加拉帕戈斯群岛看到了巨型陆龟。

高兴地见到塔希提岛的当地人。

对新西兰没什么印象。

喜欢澳大利亚的气候，他描述那里"非常好"。

穿过浓密的桉树，爬到了塔斯马尼亚岛的惠灵顿山山顶。

看到印度洋科科斯群岛上的巨大螃蟹。

最后，于 1836 年 12 月 2 日抵达英格兰的法尔茅斯。

思考时间

作为一名年轻的博物学者，开始航行时，达尔文没有料到在那片广袤土地上所见到的物种将会使他成为历史上著名的科学家。从登船起，在多次的内陆探险中，他见到了许多引发他思考的动物。

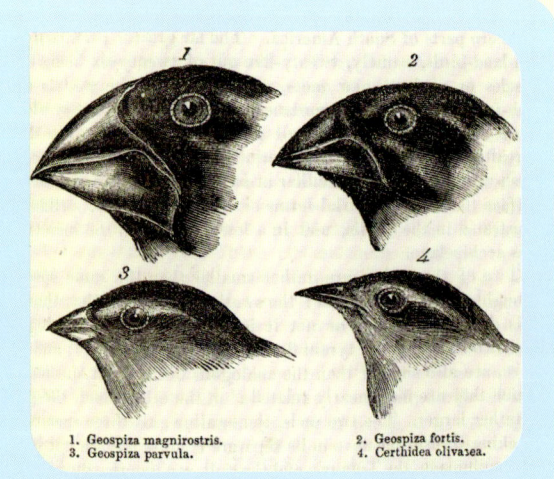

巨型陆龟

达尔文在旅途中还见过的一种引人注目的动物是生活在加拉帕戈斯群岛上的巨型陆龟。他发现，每个岛上的这些龟，龟壳形状和风格都不相同。

这种龟对当地人而言非常重要，对他们来说，这些龟会成为他们的主食。在詹姆斯岛上时，达尔文也吃过一些，并记录下"幼龟能做很棒的汤"。

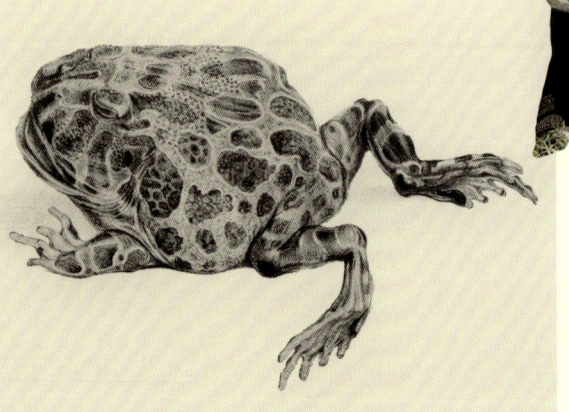

达尔文蛙

在南美洲考察时，达尔文发现了一种小蛙。这种蛙不同寻常，是雄蛙育卵，它们将要孵化的卵放置在一种特殊的声囊里，直到幼蛙能够独立生活。这种蛙被命名为达尔文蛙。

达尔文雀

在厄瓜多尔海岸附近的加拉帕戈斯群岛上时，达尔文发现每个岛上的雀类虽然看起来非常相似，但都有所不同——它们的喙有细微不同。为了进一步研究，达尔文收集了14种喙部不同的雀类标本。他发现，这些喙适用于捕食不同种类的食物，并了解到加拉帕戈斯群岛的每一座岛上都存在不同种类的食物。结合全部这些因素，对他后来提出著名的进化论有很大帮助。

1. Geospiza magnirostris.
2. Geospiza fortis.
3. Geospiza parvula.
4. Certhidea olivaea.

达尔文的进化论实际上并非在航行中发展出来的。他离开一个地方便会做非常细致的旅行笔记，回到英格兰不久后便将其付梓，书名为《"小猎犬号"航海记》。达尔文在随后的几年时间中，研究他与菲茨罗伊收集的标本，与其他科学家交谈，提出他的理论并撰写他的书籍。《物种起源》首版于1859年出版，此时距达尔文航行启程时已过了28年。

收 集

为了收集要研究的动物，必须先处死才能后续保存。达尔文在旅行中收集了许许多多的标本，多到"小猎犬号"上都没有足够的空间容纳它们，因此，他不得不安排将这些标本送回英格兰。其中有些标本仍然藏于伦敦的自然历史博物馆中。

你去海边时喜欢收集贝壳吗？达尔文也喜欢。存在伦敦自然历史博物馆标本抽屉里的贝壳是他在环球航行期间收集的

这些罐中存放着达尔文在航行中收集的小蜥蜴标本

走进非洲

戴维·利文斯敦医生在非洲内陆探险时，勇敢地面对沼泽、茂密的森林、凶猛的野生动物和充满敌意的部落。

传教的一生

戴维·利文斯敦在苏格兰格拉斯哥学医时，便决定成为一名医学传教士。他曾申请加入致力于将基督教传播至其他国家的伦敦传道会。成功加入后，1840年，他的第一次工作便离开英国，被派往了非洲南部。

* 传教士是一些想要传播其特定宗教的人，目的是说服更多人追随其所宣扬的宗教。

旅行资料

时间： 1853年11月—1856年5月

地点： 从开普敦到罗安达，然后沿着赞比西河到达克利马内

方式： 步行、乘坐独木舟

原因： 当时利文斯敦要寻找一处没有疾病的地方好建立新的传教站，从而打开非洲内陆，开展贸易

人员： 戴维·利文斯敦，还有当地的搬运工

建在奎拉拉的利文斯敦的传教站

利文斯敦抵达非洲南部的时候，首先加入了罗伯特·莫法特在库鲁曼（位于今天南非北部）的传教站，与罗杰·爱德华兹一道，开始出发去寻找新的传教地。非洲的南部曾经是美丽又危险的野生动物家园，现在依然如此。

今天，在经验丰富、知识渊博的导游带领下，到访者可以以相对安全的方式观赏这些动物。但在 19 世纪中期，利文斯敦开始在非洲内陆探险时，他不得不依靠自己的才智生存，并要学会如何保护自己。和爱德华兹于马博策建立起一个传教站后不久，利文斯敦遭到了一头狮子的攻击。

"我眼瞅着那狮子朝我扑过来；它跃起抓了我的肩膀，于是我们一起摔倒在地，那可怕的咆哮声近在耳边；它抓着我来回摇晃的架势就像活泼的㹴犬在摆弄老鼠。"

同伴们朝狮子开枪、掷矛，才把利文斯敦解救出来。狮子因伤势过重死亡，而利文斯敦肩膀的骨头"被压碎了"，胳膊上有"11 处咬伤"。

沿岸航行

利文斯敦开始他最著名的旅行时，他的妻子玛丽和孩子还生活在英格兰。1853 年 11 月，他从南非开普敦朝北航行，穿越卡拉哈里沙漠到达恩加米湖，然后转向西行，进入充满未知危险的陌生地带，目的是到达非洲西海岸的罗安达。利文斯敦与朋友色科乐图酋长借给他的 27 人一起踏上旅途。他们冒着暴雨穿过沼泽，时刻留意着敌对部落。

茂密的森林阻挡了探险队前行。此时的探险队面临病痛、食物匮乏，且交易物资短缺。经历了六个月艰苦的行进后，探险队终于抵达海岸。利文斯敦因饥饿和疾病而倒下。有人向他提供了一条回英格兰的船，但他拒绝提议并选择了和随行人员待在一起，回到东部，回到他们来的地方。

家庭旅行

戴维·利文斯敦在被狮子攻击受伤的康复期间遇见了未来的妻子玛丽。她是罗伯特·莫法特的女儿。当时，罗伯特·莫法特负责利文斯敦在库鲁曼疗养期间的布道。玛丽出生在非洲，会说当地人所讲的茨瓦纳语。1847 年，他们在今天博茨瓦纳南部的科洛本建立了他们的传教站。

他们住在科洛本的时候，利文斯敦开启探险事业。他和三个朋友徒步穿越了卡拉哈里沙漠，然后把目光投向了赞比西河。这次长途跋涉的一个动因是为了找到建立新传教站的地点。他们想要找到一处这样的地方：没有引发疟疾的蚊虫，也没有会杀死牲畜的舌蝇。玛丽和他们年幼的孩子随同利文斯敦踏上探险之旅。他们不仅受到了在地上游荡的野生食肉动物的威胁，还要面临疟疾引发的发烧等诸多生命危险。1863 年，在赞比西河上的探险中，玛丽不幸因病去世。

该幅利文斯敦一家在恩加米湖畔的画作摘自利文斯敦所著书籍《南非传教旅行考察记》

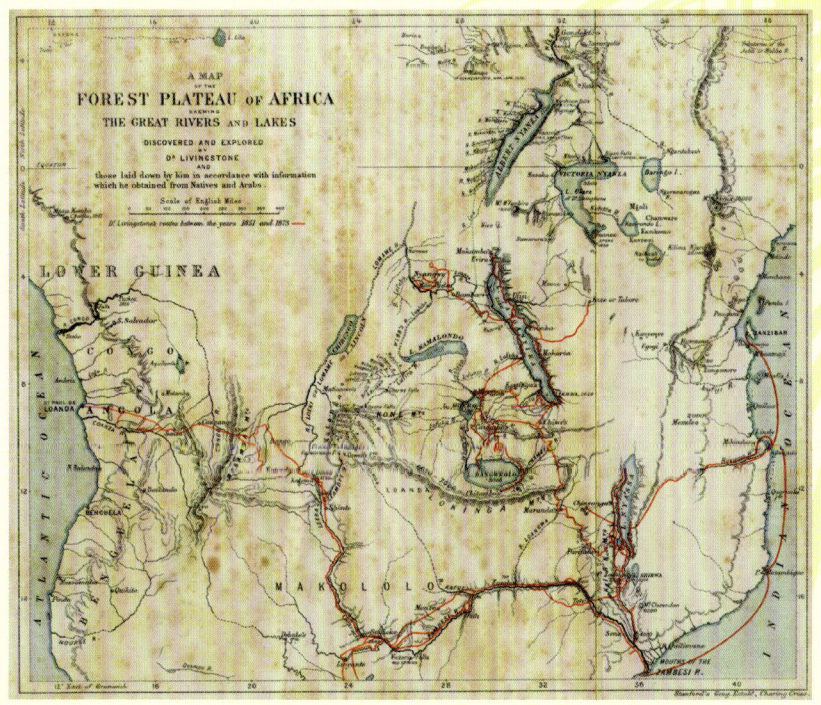

地图上的红线标出了利文斯敦在非洲探险中走过的
多条路线

　　利文斯敦一行到达塞谢凯——从开普敦出发后他们曾途经
此地——之后尝试顺着赞比西河而下，到达非洲的东海岸。色
科乐图酋长提供给利文斯敦更多的人手和物资补给。这次东行
与他们经历过的西行一样艰险。饥饿的鳄鱼、愤怒的河马、恶
劣的天气、匮乏的食物，还有挥舞着长矛的当地部落，这些都
是他们每天要面临的危机。

这条独木舟非常不
幸地被一只愤怒的
河马打翻了

　　经过莫西奥图尼亚瀑布五个多月后，利文斯敦的漫长旅行
终于结束了。1856 年 5 月，他到达了位于今天莫桑比克东海
岸的克利马内，然后返回英格兰。他受到了英雄般的迎接，并
获得皇家地理学会颁发的金质奖章。

寻找源头

流经非洲东部和北部、最终汇入地中海的尼罗河是世界上最长的河流。这条河流由两条主要支流组成，分别是青尼罗河与白尼罗河。多年来，探险家都在寻找尼罗河的源头，也就是开启尼罗河奔往大海这场漫长旅途的地方。1618年，西班牙人佩德罗·派斯在埃塞俄比亚发现了青尼罗河的源头，但白尼罗河的源头仍然未知。

19世纪50年代，英国皇家地理学会决定发起一场寻找白尼罗河源头的探险。理查德·伯顿与约翰·汉宁·斯皮克领导本次任务。他们到达了曾推测可能是源头的坦噶尼喀湖，但一看到这湖，他们便知道自己想错了。但那个时候伯顿已经病得非常严重，不能继续探险，因此斯皮克留下了他，继续找寻。斯皮克找到了另一处湖，然后他声称这是尼罗河的源头，将其命名为维多利亚湖。

约翰·汉宁·斯皮克

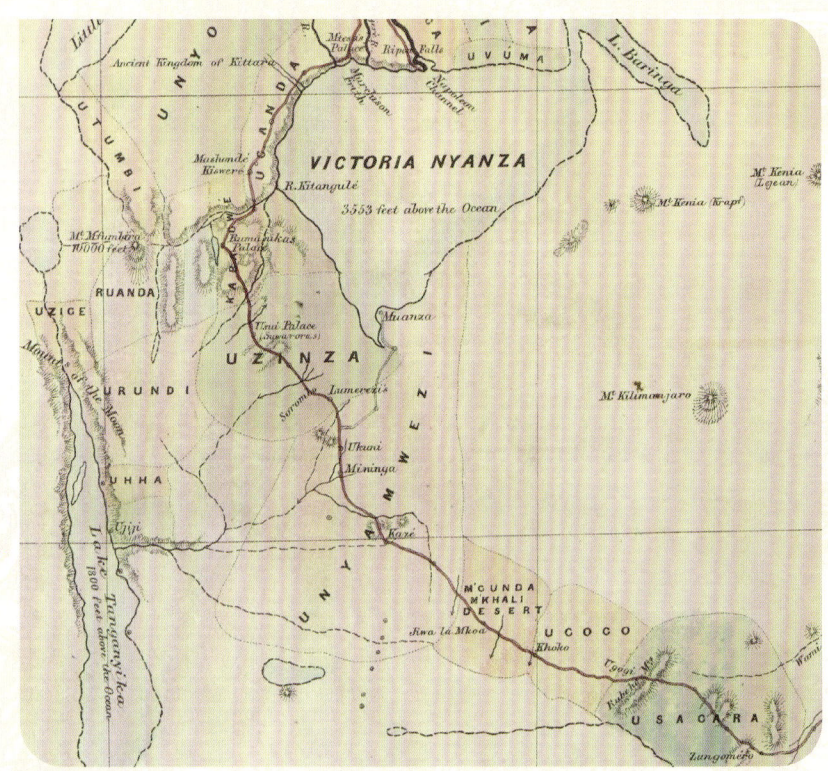

斯皮克探险地图

在非洲野外探险时，当心……

狮子
河马
鳄鱼
蚊子

事实上，另有一条名叫卡盖拉的河也流入了维多利亚湖，这就导致卡盖拉河是否是白尼罗河的源头也需要进一步探索。斯皮克返回了家乡，而尼罗河真正的源头仍是个谜。

1866 年 1 月，利文斯敦受英国皇家地理学会的派遣，试图再次寻找尼罗河的源头。他多年来也正有此意，所以很高兴地接受了此项任务。他前往坦噶尼喀湖以西探险，但漫长的六年过去了，无人收到他的反馈。利文斯敦迷路了！

记者亨利·莫顿·斯坦利受皇家地理学会的派遣去寻找利文斯敦。1871 年 11 月 10 日，斯坦利在坦噶尼喀湖畔看到一个高大的身影，于是他这样问候道：

"我想您是，利文斯敦医生。"

那时，利文斯敦的探险家生涯即将结束（两年之后他去世了，仍然留在了非洲），而斯坦利在非洲大陆上的探险则刚刚开始

沙漠女王

格特鲁德·贝尔对考古与阿拉伯人满怀热情，一生在冒险与发现中度过。

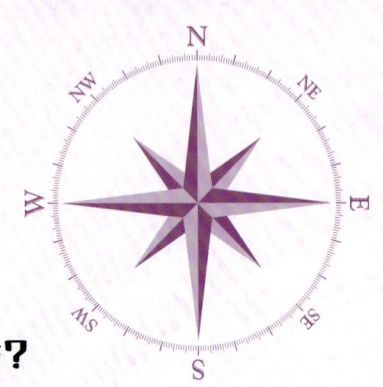

旅行资料

时间： 1913 年 12 月—1914 年 4 月，共 136 天

地点： 行走超 2300 千米的路程穿越中东的阿拉伯沙漠

方式： 骆驼队

原因： 探索与发掘

人员： 格特鲁德·贝尔

格特鲁德·贝尔是谁？

学者、旅行者、考古学者、登山者、外交家——格特鲁德·贝尔集众多身份于一身。她求学于牛津大学，成为校史上第一位获得一等学位的女性。她的旅行生涯开始于 1892 年，当时她和玛丽阿姨去伊朗探望担任英国驻外大使的姨夫，贝尔由此爱上了旅行。她曾乘坐蒸汽游轮完成了两次环球旅行，攀登过瑞士的马特峰（在暴风雪中依靠一根绳索存活了 53 小时），到访过耶路撒冷和土耳其，还穿越了叙利亚沙漠！

贝尔热爱旅行，尤其喜欢游览阿拉伯地区，但她的许多行程都聚焦于她对考古的热爱。在叙利亚、土耳其和美索不达米亚地区，她挖掘出了中世纪与古罗马时代的遗迹。

英文中，考古学一词源自希腊语，意思是"对古代东西的研究"。

1905 年，贝尔探索了叙利亚的古代遗迹后将经历写成了一部书，名叫《沙漠和耕地》

如跟随贝尔徒步旅行的 17 只骆驼这样的一队骆驼通常被叫作骆驼队或驼帮。瞧！她的骆驼们正在饮用来之不易的水

你知道吗？

沙漠跋涉

1913 年 12 月—1914 年 4 月，贝尔穿越了沙漠。她离开叙利亚的大马士革前往哈伊勒。因为哈伊勒被认为不安全，20 年来还没有欧洲人踏足过那里。贝尔受到了当地沙漠部落的威胁，这些部落在历史上对其他部落与外来人员很凶暴，尤其是对英国人。在探险中，贝尔进入了一片号称地球上最危险的地方。沙漠的天气瞬息万变，太阳的炙烤灼热难耐，沙暴顷刻间也会滚滚袭来，除此之外，她还要冒着可能几天都找不到水源的危险。

"美索不达米亚"的意思是"两河之间"。它指的是幼发拉底河和底格里斯河之间的土地。美索不达米亚大部分地区位于今天的伊拉克境内。

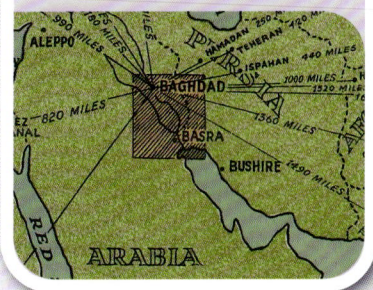

巴格达当地人给格特鲁德·贝尔起了一个别名，叫"Al Khatun"，意思是"美丽的女士"或"受尊重的女性"。

做最坏的打算

贝尔穿越沙漠和阿拉伯的旅行帮助她为这次跋涉做好了准备。贝尔知道，要在沙漠存活很多天的话，她需要足够的食物和水来撑过沙漠绿洲之间相隔的长距离，且还需要一名导游、一些仆人，还要许多骆驼（这趟旅行她准备了 17 只）来携带旅途所需的物品。

贝尔花费时间学习了阿拉伯语，还学习了可能遇见的沙漠部落的语言和风俗，这些准备为她的旅行带来了很多帮助。贝尔能够讨得一些当地酋长的欢心，这样他们能保证她安全地通过其手下部落管理的区域。贝尔还会带给部落首领礼物，她希望作为女性，不会带来像那些英国男人同等的威胁。虽然准备细致，但贝尔在旅途中仍然遇上了麻烦。一组山地部落的民众用一把步枪抢劫了贝尔的队伍，偷走了许多财物，包括他们的枪支和斗篷。幸运的是，在一切变得糟糕透顶之前，部落中的一人认出了贝尔的牧驼人，于是停止了攻击。

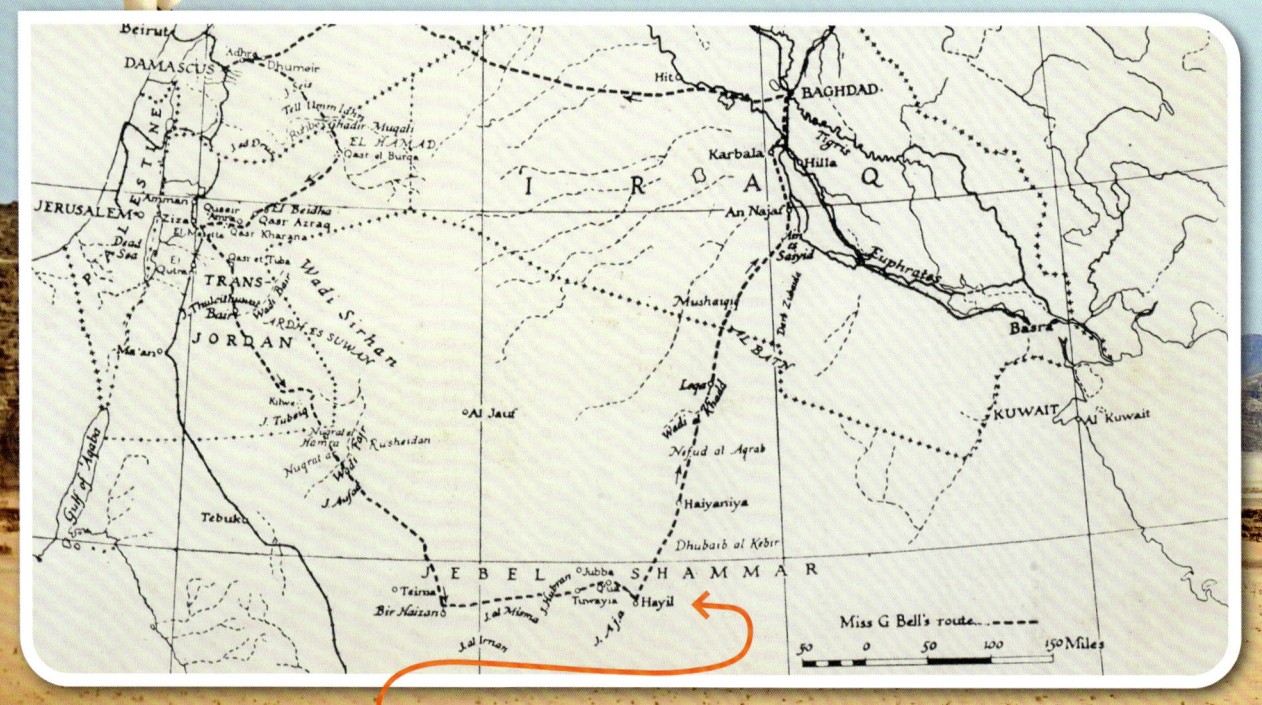

地名通常能以多种不同的方式拼写。该地图上展示了贝尔沙漠之旅的路线。哈伊勒在此写作 Hayil，这个地名还能写作 Ha'il，甚至是 Ha'yel

请问我能进来吗?

遭受这次袭击后,贝尔和她的队伍继续跋涉了两个月才到达哈伊勒城镇。二十多年来,还没有欧洲人能够步入这座城,但贝尔却受到了欢迎。她获准进入宫殿,得到了食物,同伴还可以陪同。但她随后被禁止离开,并被关押了11天。被释放后,她先前往巴格达,然后返回了大马士革。

皇家地理学会授予贝尔一枚金质奖章,以表彰她的这趟哈伊勒之旅。于是,贝尔开启了人生的新篇章。

骆驼小资料

- 骆驼能够应对极端天气——无论是炎热还是寒冷。这是很幸运的,因为沙漠在晚上的时候非常冷。
- 好几星期不喝水也能够存活。
- 骆驼毛能用来做衣服。
- 有一个驼峰的骆驼,比如在阿拉伯地区能见到那种骆驼,被称作单峰驼。
- 有两个驼峰的骆驼被称为双峰驼。
- 很容易记住二者的区别——双峰看起来像一个躺倒的字母 B,单峰看起来像躺倒的字母 D!

哈伊勒,贝尔在此被关押了一个多星期

1914 年 1 月 23 日,格特鲁德·贝尔在信中这样写道:

"我们在平淡无奇的乡野走了两天……这是一片荒芜的土地——难以置信地贫瘠。"

沙漠中的间谍

在旅行中，贝尔注意到她遇到的不同部落有着不同的政治信仰，还对英国有着不同的感受。英国政府意识到她收集到不少有用的信息，决定聘请她为其工作。1915 年 11 月，贝尔成为设立在埃及开罗的阿拉伯局的一员。当时正值第一次世界大战，不仅是欧洲，连中东也是局势高度紧张。贝尔为驻埃及的英国军队提供帮助，并在战后帮助绘制了构成今天伊拉克、科威特和沙特阿拉伯边界的疆界地图。

格特鲁德·贝尔的遗产

贝尔对考古学充满激情，选择到访的许多地方都是她感兴趣的考古地点。贝尔最重要的挖掘之一就是试图发掘位于今天伊拉克的古巴比伦城遗址。1926 年，贝尔帮助建立巴格达考古博物馆，即现在的伊拉克国家博物馆。伊拉克在现代经历了多次军事冲突，比如 1991 年的海湾战争。过去 25 年的大部分时间里，该博物馆一直处于关闭状态，许多珍贵的藏品也受到洗劫。

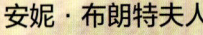
安妮·布朗特夫人

安妮·布朗特夫人绘制的画作，描绘了 1878 年 12 月—1879 年 2 月去内志（位于现在的沙特阿拉伯）朝圣

芙瑞雅·斯塔克

伊莎贝拉·伯德

戴芙拉·墨菲

开拓道路

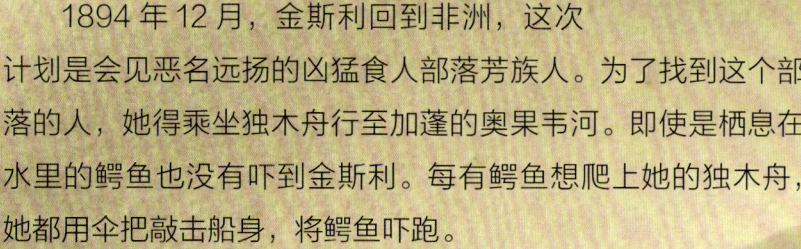

另一位女性探险家玛丽·金斯利，在格特鲁德·贝尔开启哈伊勒之旅的20年前，就完成了两次前往非洲西部的开拓性探险。在1893年的第一次探险中，金斯利探索了非洲西海岸，从塞拉利昂到安哥拉。她还进入内陆探险，从刚果河上收集动植物标本。

1894年12月，金斯利回到非洲，这次计划是会见恶名远扬的凶猛食人部落芳族人。为了找到这个部落的人，她得乘坐独木舟行至加蓬的奥果韦河。即使是栖息在水里的鳄鱼也没有吓到金斯利。每有鳄鱼想爬上她的独木舟，她都用伞把敲击船身，将鳄鱼吓跑。

金斯利旅行时穿的是她平时的着装。对于维多利亚时期的女性而言，这意味着不仅要有衬裙、罩裙，还有束身衣。穿着这套行头在丛林中肯定非常不舒服。然而，这样的衣服也有优点。厚重的羊毛外套和许多层衬裙曾经救过金斯利，避免她被捕诱陷阱的尖刺不小心刺中！

1895年，金斯利回到家乡，她将所见所闻写成了一本畅销书，名叫《西非之旅》。

无所畏惧的女性

阿拉伯的沙漠给贝尔带来了巨大的启发，也有很多其他的女性冒险家受到此处风景和民众的吸引。

• 1879年，安妮·布朗特夫人成为穿越内夫得沙漠的第一位女性。

• 伊莎贝拉·伯德经历了长达46天、从巴格达到德黑兰的传奇探险后，成为英国皇家地理学会的首批女性会员。她的探险始于1890年的冬天，当时天气非常寒冷，她还冻僵在了骑行的骡子上。

• 西方人从未到访过的波斯地区深深吸引了芙瑞雅·斯塔克。1931年，她前往洛雷斯坦，即今天伊朗的一个山区。为了更多地了解居住在那里的人，她绘制了当地的地图。

• 1963年，有感召力的戴芙拉·墨菲骑行穿越伊朗、阿富汗、巴基斯坦，最后到达印度德里。她经常独自一人穿越险境。

跨南极帝国探险队

招募：想踏上危险旅行的男性。

薪水低。环境极冷，长时间在黑暗中作业。

不保证能安全返回。成功的话能得到荣誉和奖赏。

据说欧内斯特·沙克尔顿在报纸上刊登了这则广告，招募他跨南极探险队中的船员。你会考虑成为 5000 名申请者中的一员吗？

南极的诱惑

1902 年，罗伯特·福尔肯·斯科特、欧内斯特·沙克尔顿，还有爱德华·威尔逊医生一行穿越了冰天雪地的罗斯冰架，行走了 644 千米。

1907—1909 年，沙克尔顿带领"猎人"探险队——他和四个人组成的一个队伍——试图抵达南极。但因供给不足，探险队在距离目标仅有 156 千米时掉头返回。

旅行资料

时间：1914—1916 年

地点：从英国普利茅斯到南极

方式：乘坐"忍耐号"，后来乘坐"詹姆斯·凯尔德号"

原因：穿越南极大陆

人员：欧内斯特·沙克尔顿，以及 27 人组成的探险队

斯科特注定失败的探险队

1911 年 12 月，紧随挪威北极旅行者罗阿尔德·阿蒙森的队伍，斯科特相隔几天后抵达南极。不幸的是，斯科特探险队的五个人无一生还。

欧内斯特·沙克尔顿是谁？

沙克尔顿在担任水手长时学会了航海技能。水手长指能力能够胜任船长的人，尤其是在国家之间进行国际贸易的商船上。他第一次到达南极是在 1901 年，当时他作为三副加入了斯科特的国家南极探险队。到了跨南极帝国探险队中，沙克尔顿的船员称呼他为"老板"。

大胆的计划

沙克尔顿带领的跨南极帝国探险队的目标是穿越南极大陆。这是 1911 年 12 月阿蒙森与斯科特抵达南极后又一次重大的极地挑战。如果取得成功，沙克尔顿的团队必将荣耀加身，但本次探险的重点工作是为了收集科研数据。

科学与南极

南极的冰雪封存了地球的秘密。科学家们研究冰川、海洋还有岩石，是为了发现更多关于地球甚至宇宙是如何形成的信息。从冰川中获得的信息能够帮助科学家更多地了解气候变化。他们还观察天空。天文学家利用干燥、寒冷、稳定、无光污染的大气研究恒星和行星。

在南极冰川中的"忍耐号"

这是英国南极调查局的"哈雷六号"科考站。你知道这个科考站可以通过特殊的滑雪板移动位置吗？科考站建在一个缓慢滑向威德尔海的冰架上，面临的风险不仅如此，那片冰面上还有个大裂缝。2017 年，这个科考站朝上游方向移动了 24 千米

正南方

沙克尔顿船长带领共 28 人的探险队于 1914 年 8 月 8 日离开英格兰普利茅斯，向南航行了近三个月。10 月底，这支队伍到达了南乔治亚岛，为下一步的探险做准备。1914 年 12 月 5 日，万事俱备，"忍耐号"开始朝南极起航。两天后，他们就进入了浮冰区。

在棘手的浮冰区中穿行了将近六个星期后，由于温度骤降，周围的冰块将船只困在了中间。"忍耐号"被卡在其中，随冰漂流了 10 个月。船员大部分时间都在船上，他们注意到冰对船身带来的压力，使得船只咯吱咯吱响，船身还开始出现裂缝。

假如哪天你发现正在海上的浮冰中航行，试着记住以下提示：

• 即使非常慢，也要时刻保持船只在移动；

• 不要让你的船走得太快——如果高速撞上浮冰，可能会对船体造成损坏；

• 熟知你的船——了解它移动的方式；

• 顺应着冰的移动采取行动，不要试图与之对抗。

有记录以来，最冷的气温纪录为 -89℃，测量于一座遥远的南极站——沃斯托克站。

1915 年 11 月，船员和他们的狗无助地望着"忍耐号"沉没

> **"木材的吱呀声和呻吟声，伴随着船头到船尾震耳欲聋的断裂声，诉说着它们受压的遭遇。"**
>
> 欧内斯特·沙克尔顿，《南极："忍耐号"历险记》

船员只能带上自己能带的物资弃船。他们没法拯救一切，比如随行的生物学家岁伯特·克拉克收集的标本就都留在了船上，但他们成功地救出了狗、大多数供给物资、必要的设备和几艘救生船。队伍在冰上搭起营地，眼看着"忍耐号"慢慢被撞碎，于 1915 年 11 月 21 日沉入冰下。

失去希望

在冰封的海上漂流，离家千万里，与外界无法沟通，也没有明显的逃离路径，沉船"忍耐号"的船员肯定对幸存没有抱太大希望。但对他们而言，幸运的是，沙克尔顿不是轻言放弃的人。沙克尔顿知道在相对较近的宝莱特岛上有补给，所以他计划前往那里。整支队伍先在冰上行军，并拉着他们从沉船上救下来的两艘救生船。4 月初，当冰雪开始融化时，他们就坐上船，从海上出发。不幸的是，他们发现朝宝莱特岛的方向有太多积冰，所以，他们转而朝象海豹岛进发，在几个星期后到达。

在浮冰和船上度过几个月后，他们终于踏上了陆地，但仍然没有获救的希望。

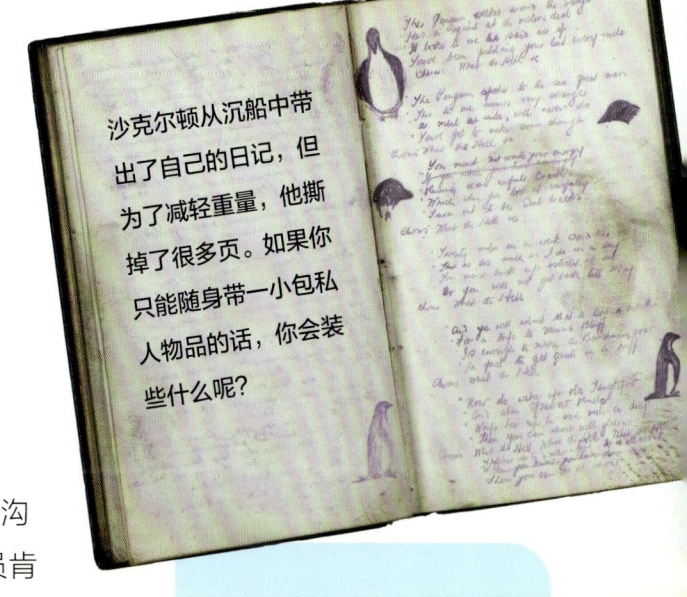

沙克尔顿从沉船中带出了自己的日记，但为了减轻重量，他撕掉了很多页。如果你只能随身带一小包私人物品的话，你会装些什么呢？

南极资料

南极是：

一片辽阔的冰封大陆，是地球上的偏远地区之一；

地球上最冷、最干燥、风最大的大陆；

大约 500 万只企鹅的家园。

"詹姆斯·凯尔德号"出发的时候

有人要企鹅汉堡吗?

困在象海豹岛上的人需要补充食物储备，找到新鲜的肉类，但他们没有条件到当地的店里购买牛排。这让他们只能猎杀企鹅和海豹，甚至是大型的象海豹为食。

援救任务

沙克尔顿决定采取行动。他开始计划一趟去往南乔治亚岛的危险航行，他知道那里有一处挪威捕鲸站，有希望获得营救。然而，沙克尔顿和他的目的地之间相隔1400千米，要穿过世界上最寒冷、最汹涌的一片海域，而载他们一行的只有一艘无顶木质救生船"詹姆斯·凯尔德号"。这处境令人绝望。沙克尔顿认为这是唯一一种拯救船员生命的方法，所以在1916年4月24日，6名原"忍耐号"船员起航。

那22名留在原地的船员几乎认定，他们再也不会见到那6人了。"詹姆斯·凯尔德号"上的船员很可能也这样想。然而，他们都知道，必须试一试沙克尔顿的计划。

实现不可能

"詹姆斯·凯尔德号"的船员在海上度过了两个多星期，饱受巨浪的摧残和严寒的折磨。他们最后在南乔治亚岛登陆，但捕鲸站以及任何可能提供帮助的设施都在岛的另一边。他们需要穿越冰封的山脉才能到达。船员们休息了几天，已从艰险的海上航行中恢复过来。几天后，沙克尔顿和同行队伍中的两人沃斯利、克林开始了翻山越岭的旅程。一天半之后，精疲力竭的船员抵达了捕鲸站，终于能够寻求救援。1916 年 8 月 30 日，象海豹岛上的其余船员获救。

他们如何找到路线呢？

海上的天气大多是阴天，这意味着人们不能依靠"阳光"以及航海天文钟、六分仪和指南针等传统导航仪器帮助指明路线。相反，船上的领航员沃斯利利用古老的航海技巧，比如观察波浪、感受刮到脖颈的风，来判断航行方向。

极限求生

"詹姆斯·凯尔德号"船员面对着巨浪与严寒。他们的衣物也无济于事。为潮湿天气精心设计的装备油布雨衣随着"忍耐号"的沉没一同被抛弃，他们留下了厚重的羊毛。被海浪打湿衣物后又被冻硬，这样的衣物导致船员长了一碰就痛的水疱，还有的出现皮肤皲裂和冻伤。为了暖身子，他们用一个小小的野营灶来给自己做热饮。想象一下，在飘摇不定的船上如何做到这些呢？

前往月球

1969 年 7 月 16 日，三名勇士开始了一场期待将会创造历史的航行。他们的目的地是月球。

旅行资料

时间：1969 年 7 月 16 日—7 月 24 日

地点：从美国佛罗里达州的肯尼迪航天中心到月球，然后返回

方式："土星五号"火箭和呼号为"鹰"的登月舱

原因：太空竞赛

人员：尼尔·阿姆斯特朗、巴兹·奥尔德林、迈克尔·柯林斯

太空竞赛

20 世纪中叶，人类已经到访过地球两极，跨越过浩瀚的海洋，徒步穿行了难以越过的丛林，爬上过最高的山峰。下一步去哪里呢？还用说吗，当然是太空！

20 世纪 50 年代，美国和苏联互相竞争着发明最好、最安全的火箭，梦想将人类送往太空。最重要的是，还要能让这些人重返家园。苏联在第一轮挑战中获胜，于 1961 年 4 月 12 日成功用"东方一号"将尤里·加加林送上环地轨道。他到达了地球上空约 300 千米的高度，环绕地球航行一周后返回。

要在太空竞赛中取得重大飞越，美国感到压力重重：有什么能比人类登上月球更引人注目、更轰动世界呢？美国航天局在 1961 年启动了"双子星座"计划。这是一系列太空飞行任务，包括太空行走，还有航天器的对接。美国人从双子星座航空计划中学到的经验将会应用到阿波罗计划中，后者旨在把美国航天局的宇航员送上月球。

1961 年尤里·加加林成为绕地航行的第一人

发射！

1969 年 7 月 16 日，倒计时钟终于到了 00:00:00，"土星五号"火箭从位于美国佛罗里达州的肯尼迪航天中心发射，搭载着指令长尼尔·阿姆斯特朗，以及巴兹·奥尔德林和迈克尔·柯林斯进入太空。11 分钟后，他们离开了地球大气层，处于失重状态。他们三人要经历三天的旅行才能到达月球。

他们如何找到路线呢？

前往月球的路线已经被写入了"土星五号"的机载计算机程序。视线回到地球上，在休斯敦的任务控制中心，地面跟踪系统可以向机载计算机发送信息。

土星五号高约 111 米，比自由女神像还高！它被灵活地设计成可分离的三级，每级都有独立的发动机和燃料供应。随着每一级燃料箱的清空，它就会分离，由下一级火箭继续推进航天器。发动机产生的大多数能量都用来推动火箭进入近地轨道，但最后一次点火产生的能量会用来推动火箭驶向月球。前两级一旦与火箭主体分离，就会掉回地球的海里。没人知道最后一级的最终归宿——可能会撞击月球，或者可能仍然在太空中四处飘浮

被送入太空会是什么感觉呢？

登陆月球

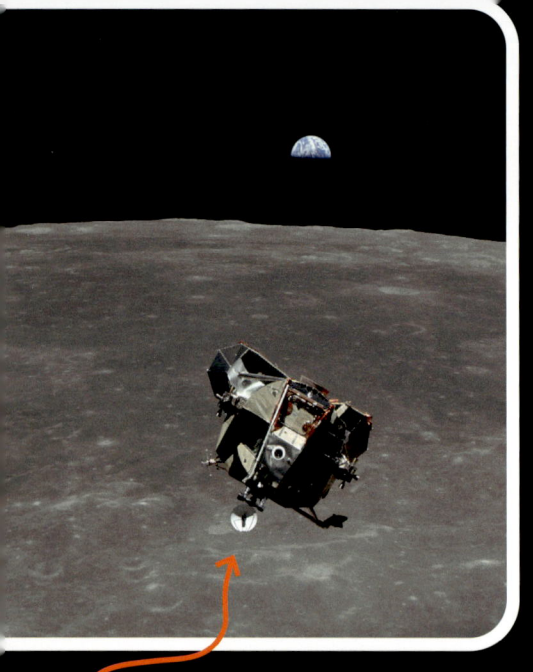

在他们旅程的第四天，宇航员经过了月球"暗面"——我们在地球上观测不到的一面。这时候他们已经到达月球表面上空 100 千米的位置。阿姆斯特朗和奥尔德林现在已经从指令舱"哥伦比亚"移动到了登月舱"鹰"中。1969 年 7 月 20 日，这两个舱体分离，登月舱启动减速发动机，以求安全降落到月球表面。

登月舱下降 5 分钟后，计算机警报响了。休斯敦的团队认为这并不构成大碍，便指挥宇航员继续降到月球。而后宇航员们意识到，计算机要将登月舱着陆到一个大撞击坑中。阿姆斯特朗将模式切换为手动驾驶，利用剩余的燃料，让登月舱免于灾难。度过紧张的几分钟后，登月舱安全着陆月球表面，落在了"静海"区域中。

前往月球的航行中，阿姆斯特朗曾一度回望地球。后来他这样说："我突然意识到，这颗美丽的蓝色小豌豆就是地球。我闭上一只眼睛，竖起大拇指，这样便可以遮住它。但我没有觉得自己因此像个巨人，反而感到自己非常非常渺小。"

巴兹·奥尔德林在月球上

你有没有去过让自己感到非常渺小的地方呢？或许是你看到大海时，或者是站在山巅时，又或者是从飞机的舷窗朝外看时？

登陆六小时后，阿姆斯特朗终于踏上了月球表面，他说：

"这是人的 一小步，
人类的一大步。"

(That's one small step for man,
one giant leap for mankind.)

你知道吗?

几年后，巴兹·奥尔德林对月球表面这样形容道："月球表面就像精良的滑石粉……脚踩在其中就会留下清晰的脚印……我尽我所能用语言表述当时的观感，但在月球上感觉到的完全不同——和你所见的任何事物都不一样。用'外星'这个词可能会误导人，'超现实'可能是我所能想到的更合适的词语。"

阿姆斯特朗声称，他实际上讲的是"一个人"（a man），但休斯敦的接收员没有记录这个量词，所以我们所知的他的名言都是缺少"一个"（a）的。但实话说，如果地月之间的无线电通信很顺畅的话，这才更令人惊讶！

他们吃什么?

宇航员饮食的一部分是吃脱水的"太空食物"，这意味着食物中的水分都已经去除。他们吃之前要往干燥的食物中加热水，用勺子从特殊设计的塑料盒中舀着吃。

月球资料

事实上，月球上也有重力，只是非常小。

月球上没有雨，也没有风，所以那些第一批到达的宇航员在月球表面留下的脚印仍在那里。

只有 12 人曾经在月球表面行走过。

他们如何在极端条件下生存？

美国航天局将其太空服描述为"单人航天器"。这个任务首先就要求太空服即使在没有连接航天器的情况下，也能为宇航员太空行走提供保护。靴子必须要适合在岩石表面行走，太空服必须要包含内置的生命支持系统，其功能之一就是要有自有的氧气储备。之前的太空服曾设计过软管一样的脐带线，用来将航天器上的氧气供给宇航员。

月球上的科学

就像之前的许多探险者，阿姆斯特朗与奥尔德林不仅仅是旅行者。他们的任务是去收集信息与样本，帮助人类了解月球。他们用了两个半小时收集岩石样本、设置实验，测试穿着笨重的太空服以不同方式在月球表面移动。你自己也可以试试这些动作！

袋鼠跳——仅用腿部往前跳。

一蹦一跳地走——不要忘记伸开双手保持平衡。

快速跑——很明显这是巴兹·奥尔德林更喜欢的方式。

奥尔德林正准备把早期阿波罗科学实验包从登月舱实验区的装载位置移开

返回地球

在月球上停留的时间结束时，阿姆斯特朗和奥尔德林返回登月舱，重新进入绕月轨道，与指令舱"哥伦比亚"对接。第三名航天员柯林斯当时一直留在指令舱中。正是乘坐这个小指令舱，宇航员们返回了地球家乡。1969 年 7 月 24 日，他们再次进入地球大气层，坠落入太平洋。之后，宇航员们在隔离区待了 21 天，防止他们在月球上感染到任何传染病。

国际空间站

你想成为一名探险者吗？

这些探险家的故事有没有激发你想走出去看看世界呢？那么，是时候计划你的冒险啦！

什么样的人能够成为优秀的探险者？

任何人都能成为探险者，但渴望冒险，并在遇到障碍时具有保持前行的毅力，这些都会对你有所帮助。有些探险家，如埃德·斯塔福德，在遇到危险时会成长迅速，因为遇见状况即打破了长途探险中日复一日行走的无趣感。

埃德·斯塔福德

2008年，埃德·斯塔福德从亚马孙河的源头出发，他的目标是徒步走完这条世界第二长河。这条河从安第斯山脉流下，经过广阔又通常难以穿越的亚马孙热带雨林，最后流入大西洋。这趟旅程花了他860天的时间。在他的探险日记中，曾记录到闪电危险地劈在他和同伴乔的身边的情景：

"人们常会问我们如何应付这些危险：涉过有黑凯门鳄的水域，接近致命的毒蛇，或遇上凶猛的部落。老实说，这些时刻都令人感到刺激和兴奋，时间也过得很快；这些危险帮助我们摆脱了更具杀伤力的状态——枯燥、无聊。"

为什么你想去探险？

达尔文、洪堡、梅里安——这些探险家有什么共同点？他们都对自然世界满怀热忱。这份热情驱使他们尽可能地去旅行，尽可能地去发现。大多数现代探险家也对世界怀揣兴趣。他们热衷于探寻世界如何运作，想要了解生存在这颗星球上的动植物，以及想去接触来自不同文化的人。

你对什么怀有热情？

一些现代的探险家，比如罗兹·萨维奇，他们规划旅行不仅是为在精神和肉体上挑战自己，也为了提高一件他们所关心事物的大众认知，比如我们所栖居的星球的脆弱性，或者为他们喜爱的慈善项目募捐。

乔治·麦加文

身为探险家、昆虫学家、电视节目主持人的乔治·麦加文曾参加过许多次探险，去过许多出没奇特动物的地方。他曾说："今天，理解自然世界比以往任何时候都重要——毕竟我们要依靠地球上所有其他的物种生存。"

麦加文在委内瑞拉的一个洞穴系统里体验过完全黑暗的五天，他冒着被蝎子蜇、被蜘蛛咬的危险，爬入了一段约长 24.3 米的空心木头，还曾被 80,000 只蜜蜂围困过。这些冒险未曾使他受伤，反而和最爱的虫子亲密相处让他感到非常愉悦。路途中，这位探险家发现了一些新物种，包括加里曼丹岛的一种蜘蛛、泰国的一种蟑螂，还有委内瑞拉的一种洞穴蟋蟀。甚至还有一些物种以他的名字命名。现在世界上仍有大约 700 万种昆虫未被命名和描述——所以，为什么不走出去开始探索呢？

罗兹·萨维奇

罗兹·萨维奇是独自划船穿越了大西洋、太平洋和印度洋三大洋的第一位女性。她最长的不间断航行是从澳大利亚穿越印度洋到达毛里求斯，航程长达约 6400 千米。萨维奇在冒险旅途中遇到过许多挑战，比如山一般高的海浪（她不得不借助直升机脱险），以及总是会翻船。她游去捡起掉落水里的东西时，还曾差点儿和船彻底分离。萨维奇热衷于提高大众对环境问题的意识，也正是这种使命感帮助她度过黑暗时刻。她说："路上变得艰难时，有一个重要的理由来回答为什么我要想不通地踏上这样艰险的旅程，真的很有帮助。"

插图版权

除以下图片，本书所用插图版权均归属于大英图书馆。

- 第3、10~11、11（下）、16、23（上）、30（右上）、36~37、47（中）、60~61、62（下）、67、75（上部从左至右）、81（中上）、84~85 页：Shutterstock；
- 第7（上）、11（上）、14、17页：Bibliothèque Nationale de France, Paris；
- 第12（下）、15（下）页：Mary Evans Picture Library/Interfoto Agentur；
- 第19（下）页：Wikimedia Commons；
- 第22页：Metropolitan Museum of Art, New York；
- 第34页：NASA/Michael Studinger；
- 第48（右）页：Rijksmuseum, Amsterdam；
- 第53页：Royal Society；
- 第59（左上、右上）页：Photo Carol Highsmith/Library of Congress, Washington D.C.；
- 第59（中、下）页：New York Public Library；
- 第61页：National Archives, Washington D.C.；
- 第62（上）页：Mary Evans Picture Library/Everett Collection；
- 第65（下）页：Alte Nationalgalerie, Munich；
- 第66（上）页：Mary Evans/BeBa/Iberfoto；
- 第69页：Mary Evans Picture Library/Natural History Museum；
- 第77（上）、79页：Gertrude Bell Archives, Newcastle University (X018 & X070)；
- 第81（右上）页：Courtesy Eland Publishing；
- 第83（右）页：British Antarctic Survey；
- 第84（上）页：State Library of New South Wales；
- 第85页：National Maritime Museum, Greenwich；
- 第88~93 页：NASA；
- 第94页：Discovery Communication；
- 第95（左）页：Photo Tim Martin；
- 第95（右）页：Photo Phil Uhl。

图书在版编目（CIP）数据

改变世界的伟大远行：从徒步、航海到漫步太空的大探险家 /（英）德博拉·帕特森著；伍小玲译 . -- 北京：北京联合出版公司，2023.4

ISBN 978-7-5596-6321-4

Ⅰ . ①改… Ⅱ . ①德… ②伍… Ⅲ . ①儿童故事—图画故事—英国—现代 Ⅳ . ①I561.85

中国版本图书馆CIP数据核字（2022）第120020号

Great Voyages: Daring Adventurers from James Cook to Gertrude Bell by Deborah Patterson
Text © Deborah Patterson 2018
Illustrations © British Library Board and other named copyright-holders 2018

Simplified Chinese edition copyright © 2023 by Beijing United Publishing Co., Ltd.
All rights reserved.
本作品中文简体字版权由北京联合出版有限责任公司所有

审图号：GS（2022）5792

改变世界的伟大远行：从徒步、航海到漫步太空的大探险家

[英] 德博拉·帕特森（Deborah Patterson） 著

伍小玲 译

出 品 人：赵红仕
出版监制：刘 凯 赵鑫玮
选题策划：联合低音
特约编辑：王冰倩
责任编辑：徐 樟
封面设计：鲁明静 汤 妮
内文排版：薛丹阳

北京联合出版公司出版
（北京市西城区德外大街83号楼9层 100088）
北京联合天畅文化传播公司发行
北京华联印刷有限公司印刷 新华书店经销
字数100千字 889毫米×1194毫米 1/16 6印张
2023年4月第1版 2023年4月第1次印刷
ISBN 978-7-5596-6321-4
定价：80.00元

关注联合低音